BRI BLACKWOOD

SEGREDO *Ardiloso*

Traduzido por Allan Hilário

1ª Edição

2024

Direção Editorial: Anastacia Cabo
Tradução: Allan Hilário
Preparação de texto: Mara Santos
Revisão Final: Equipe The Gift Box
Arte de capa: Amanda Walker PA and Design
Adaptação de capa: Bianca Santana
Diagramação: Carol Dias

CIP-BRASIL. CATALOGAÇÃO NA PUBLICAÇÃO
SINDICATO NACIONAL DOS EDITORES DE LIVROS, RJ
Gabriela Faray Ferreira Lopes - Bibliotecária - CRB-7/6643

B565s

Blackwood, Bri
Segredo ardiloso / Bri Blackwood ; tradução Allan Hilário. - 1. ed. - Rio de Janeiro : The Gift Box, 2024.
220 p. (Universidade Brentson ; 2)

Tradução de: Devious secret
ISBN 978-65-85940-13-9

1. Romance americano. I. Hilário, Allan. II. Título. III. Série.

24-88638 CDD: 813
CDU: 82-31(73)

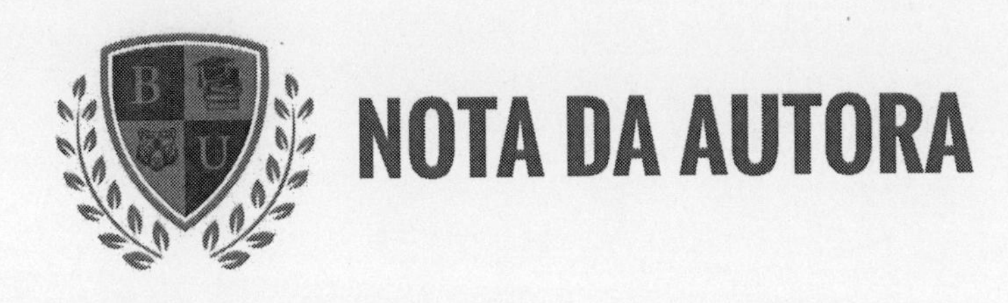

NOTA DA AUTORA

Olá!

Obrigada por dedicar seu tempo para ler este livro. Segredo Ardiloso é um dark romance de inimigos a amantes e um romance universitário bilionário. Ele não é recomendado para menores de 18 anos e contém situações duvidosas e que podem servir de gatilho. O livro também inclui violência explícita, sequestro e breves menções a um distúrbio mental que também pode ser um possível gatilho. Não é um livro único e termina em um suspense. O próximo livro da série será Herdeiro Ardiloso.

Prisoner — Miley Cyrus, Dua Lipa
Colors — Halsey
Boys Will Be Boys — Dua Lipa
Cry About It Later — Katy Perry
I'm Ready — Sam Smith, Demi Lovato
Sour Candy — Lady Gaga, BLACKPINK
Happiness — Little Mix
What I've Done — Linkin Park
Guess I'm a Liar — Sofia Carson
Secret (Pretty Little Liars Theme) — Denmark +Winter

CAPÍTULO 1

NASH

A emoção de uma morte era algo que eu nunca superaria. Ela criava uma sensação que mal conseguia descrever. Fazia com que o sangue que circulava em minhas veias parecesse estar pegando fogo. Eu ainda estava sentindo o efeito de ter matado Paul, porque ele perseguia Raven e continuaria perseguindo por um bom tempo.

Mas havia algo mais. Havia algo além da sensação inebriante de tirar a vida de alguém, mesmo que fosse alguém que merecesse. Demorei um segundo para identificar o que era, mas quando finalmente consegui, sabia que era raiva. Raiva que reprimi desde que descobri que Raven havia deixado Brentson. Raiva que se tornou mais forte, mais sombria, depois da explicação que recebi do meu pai para aquela partida.

Raven negou que o que meu pai disse fosse verdade pouco antes de tentar fugir, mas não acreditei nela. Agora, embora meu relacionamento com meu pai não fosse só flores, principalmente por causa de seu egoísmo, não acho que ele tentaria me machucar intencionalmente. Eu não poderia dizer o mesmo sobre Raven. Se ela não teve problemas em deixar a cidade sem dizer uma palavra à pessoa que supostamente amava, por que deveria acreditar nela agora? Além disso, sua explicação para o que aconteceu seria um excelente motivo para deixar Brentson. Eu me sentiria envergonhado se tivesse feito a mesma coisa.

Não me preocupei em perguntar ao meu pai os detalhes do encontro porque não era algo que quisesse saber. Mesmo agora, a imagem mental que havia formado era o suficiente para me irritar novamente. Saber que ela traiu minha confiança e nosso relacionamento e depois fugiu da cidade me machucou muito todos os dias. Foi como um soco no estômago que ainda não havia superado completamente.

Tentar dormir com uma das figuras políticas mais importantes da cidade, um homem que também era o pai do seu namorado, era um tipo especial de merda. Risque isso. Era um tipo especial de traição, e é por isso que o desaparecimento dela fazia sentido.

Pensar no que aconteceu logo após a minha formatura no ensino médio me forçou a reviver o quanto estava perturbado. A versão dos fatos apresentados por meu pai adicionou gasolina ao fogo que havia se tornado minha raiva. Para piorar as coisas, embora estivesse com raiva dela e da situação que havia causado, ainda me importava com ela. E isso só me irritou ainda mais.

No início, estava negando tudo. Não havia como a minha Raven ter feito o que estava sendo acusada de fazer. Eu queria chamar a polícia porque estava preocupado com o bem-estar de Raven. Eu me lembrava de ter me perguntado todas as manhãs se hoje seria o dia em que ela me procuraria e, no mínimo, me diria que estava bem. Mas esse dia nunca chegou.

Ao longo dos anos, lutei contra os pensamentos de que ela havia se machucado ou morrido sempre que eles entravam em minha consciência. Em várias ocasiões, perguntei à Izzy se ela tinha tido notícias de Raven, mas ela sempre negou saber de algo. Eu tinha que respeitar sua lealdade, mesmo que isso tivesse me causado muita dor.

Apertei o volante com as mãos enquanto nos afastava de Brentson e tentava remover os pensamentos negativos de minha mente. Em vez disso, decidi pensar no caminho que estava à minha frente. Eu sabia que não voltaríamos por alguns dias. Os planos precisavam ser feitos rapidamente. Havia muito a fazer em um período tão curto de tempo.

O mais importante é que estávamos nos afastando do nosso passado e do nosso presente em direção a um futuro desconhecido. E, para que isso acontecesse, eu a havia sequestrado. Talvez não fosse o melhor caminho a seguir, mas era necessário. Ok, até eu tinha que admitir que isso também era uma grande besteira.

Eu tirei uma das mãos do volante para passá-la no cabelo. Depois dos eventos que ocorreram esta noite, dirigir seria terapêutico para mim. Essa viagem me daria a oportunidade de me acalmar. De uma forma confusa, foi melhor que Raven tenha sido nocauteada, porque a energia que corria por mim agora não poderia ser controlada. Eu não saberia lidar com ela assim. Não seria capaz de controlar minhas reações a ela.

Estranhamente, de todas as coisas que aconteceram esta noite, a mais estranha para mim foi dirigir por esta estrada com Raven no carro, fugindo da cena da destruição que causamos. Senti como se tivesse entrado na posição que ela assumiu quando deixou a cidade há mais de dois anos.

Tirando essas lembranças e pensamentos da cabeça, tentei me

concentrar em tudo o que deu errado hoje. Eu certamente não tinha planos de assassinar um homem quando o dia começou. Nada disso era o que imaginava que aconteceria, mas o ditado que diz que os planos mais bem elaborados podem dar errado se aplicaria definitivamente aqui. No entanto, as coisas realmente não deram errado, mas tive que mudar de direção para conseguir o que queria.

O que eu queria era me vingar. O que consegui foi sangue em minhas mãos e uma ex-namorada que não tive escolha a não ser sequestrar. Mas se não tivesse chegado à casa de Raven quando cheguei, as chances de ela estar no banco de trás do utilitário daquele maldito eram altas. Eu lutei com ele e me certifiquei de que ele não teria sucesso e, no fundo da minha mente, sabia que não era nem um pouco inocente. E faria tudo de novo sem exitar.

Havia coisas que você precisava fazer para se tornar um membro dos Chevaliers. Coisas que eu não admitiria a ninguém que considerasse indigno de saber.

Mas as fiz porque era o que exigiam de mim. Era o que precisava fazer para chegar aonde queria e agora isso me colocava no caminho certo para ser uma das últimas pessoas a concorrer à presidência de uma das ramificações mais cobiçadas dessa organização no mundo.

Olhei para Raven, que estava deitada com a cabeça encostada na janela. Ela parecia tão tranquila em seu sono, e uma pequena parte de mim gostava de vê-la assim, pois isso me trazia lembranças de quando ela adormecia enquanto assistíamos à TV na casa da sua mãe.

Entretanto, essa era apenas a calmaria antes da tempestade. Eu sabia que, assim que ela acordasse e se lembrasse do que eu havia feito, o inferno seria desencadeado. Eu teria que lidar com a sua ira e, honestamente, grande parte de mim queria todo aquele fogo e raiva. Havia uma chance de ela nunca entender o que eu tinha feito, e estava disposto a viver com isso.

Sequestrá-la era a melhor opção que tinha para tirar nós dois dessa situação em segurança. Bem, acho que em segurança era um termo relativo, dado o estado em que ela se encontrava. No fundo, sabia que deveria sentir algum remorso por tê-la nocauteado, mas não sentia. Eu era conhecido por fazer de tudo para atingir meus objetivos e isso não era uma exceção. Essa também foi uma das qualidades que me tornaram um grande Chevalier e digno de concorrer à presidência.

Pensar nessas provas como se fossem uma competição não era correto, mas era sempre assim que pensava. Eu estava nessa para me tornar presidente, e qualquer coisa menos que isso seria considerada um fracasso. Eu havia trabalhado muito desde que entrei para os Chevaliers e me certificaria de que isso não seria em vão. Pode parecer clichê, mas o fracasso não era uma opção.

Pressionei um botão e o volume da estação de rock suave clássico aumentou. Ter alguma música de fundo ajudaria a acalmar o meu cérebro. Não era o tipo de música que ouvia regularmente, mas aprendi nos últimos dois anos que ela tinha efeitos calmantes sobre mim. Eu precisava disso para limpar minha mente para poder pensar adequadamente sobre as próximas etapas.

O que foi fácil para mim decidir foi que precisávamos sair da cidade. Eu estava nos levando mais ao norte, para uma pequena cabana que Bianca e eu herdamos de nosso avô quando ele faleceu. Eu costumava usar a cabana mais do que ela, e ela era isolada o suficiente para que, a menos que você estivesse procurando por essa propriedade, a probabilidade de alguém encontrá-la fosse baixa.

Seria o lugar perfeito para manter Raven. Com isso resolvido, poderia pensar no que fazer em seguida.

Meus pais eram donos da propriedade adjacente e havia uma cabana enorme e luxuosa que tínhamos a opção de usar. Meu avô queria que a cabana maior fosse usada para as reuniões de família que minha avó sempre gostou de fazer. Ela acreditava muito em manter a família unida e conectada entre si, por isso a ideia do meu avô foi perfeita. No entanto, ela faleceu antes de ver a cabana concluída. Agora, a cabana principal tinha uma equipe em tempo integral para o caso de meus pais ou outros parentes receberem visitas lá, ou se alguém quisesse sair por alguns dias, mas raramente era usada.

A cabana menor foi construída pelo meu avô após a morte da minha avó, porque isso o ajudou a lidar com o luto. Embora houvesse a opção de ficarmos na cabana maior da propriedade, pois acreditava que ela estava desocupada no momento, achei melhor escolher a que era minha. Não havia lugar para onde Raven pudesse fugir e, durante o tempo que passaríamos aqui, seríamos forçados a lidar com os problemas que tínhamos um com o outro.

Assim que chegássemos à cabana, precisaria fazer uma série de ligações. Cada uma delas teria um papel fundamental para manter em segredo o que eu estava fazendo. Se, no final, tudo isso significasse que finalmente obteria as respostas que estava procurando e manteria Raven em segurança, então valeria a pena.

A música de rock suave e o murmúrio baixo do meu GPS de vez em quando me guiavam pelas estradas escuras até que vi as luzes da cabana da família Henson me dando as boas-vindas. Teria sido mais fácil fazer uma parada na cabana principal para verificar a primeira tarefa da minha lista, mas decidi continuar dirigindo. Não queria correr o risco de parar e Raven acordar sozinha em um carro vazio e fazer sabe-se lá o quê.

Algumas curvas em uma estrada menos pavimentada me levaram à cabana do meu avô. A casa bem cuidada não era nem de longe o espetáculo que a cabana da família era, mas era agradável e aconchegante. Era perfeita para um homem que precisava de um lugar para se refugiar, onde as chances de ser incomodado eram mínimas.

Parei o carro e o coloquei em ponto morto. Olhei para Raven para ver se o fato de eu ter parado o carro a havia despertado, mas ela não se mexeu. Não demorou muito para que eu saísse do carro, subisse as escadas da varanda e abrisse a porta da frente da cabana. Acendi rapidamente as luzes e verifiquei novamente se não havia nada me impedindo de entrar no quarto antes de voltar para fora. Quando cheguei à porta do lado do passageiro, respirei fundo e torci para que ela não acordasse enquanto tentava levá-la para dentro da casa. Se ela acordasse, sabia que isso levaria a uma briga que não queria ter agora, especialmente aqui fora. Abri a porta e rapidamente soltei o cinto de segurança dela, puxando-a para mim para que pudesse carregá-la para dentro.

Tê-la em meus braços de todas as formas possíveis parecia ser o que eu buscava constantemente hoje em dia.

A viagem do carro até o quarto durou poucos minutos, mas a cada segundo que passava, me perguntava se aquele seria o momento em que Raven acordaria. Deitei-a na cama e xinguei a mim mesmo quando percebi que não tinha tirado as cobertas da cama antes de colocá-la nela. De jeito nenhum arriscaria acordá-la para colocar as cobertas da cama sobre seu corpo.

Levantei-me e olhei ao redor do quarto. Demorei um segundo para ver o cobertor dobrado em uma das poltronas do quarto. Fui até a poltrona, peguei o cobertor e me virei para colocá-lo sobre o corpo de Raven. Isso teria de servir por enquanto.

Dei um passo para trás para ver se ela se mexeria depois que colocasse o cobertor sobre ela. Como ela não se mexeu, afastei-me dela e fechei a porta do quarto na tentativa de não a acordar enquanto fazia outras coisas.

O primeiro lugar em que parei foi a cozinha. Dei uma olhada na geladeira, na pequena despensa e nos armários e descobri que, embora houvesse alguns produtos não perecíveis não vencidos, não havia muito mais. Precisaríamos de muito mais comida do que isso.

Tirei o celular do bolso enquanto entrava na sala de estar. Acabei parando na escrivaninha de madeira do meu avô. Ela era bem menor do que a que ele havia colocado na cabana principal, mas eficiente o suficiente para o uso que queria fazer dela. Dei uma olhada em alguns dos livros que ele havia deixado lá e que davam uma ideia do que ele gostava. Alguns thrillers, livros de palavras cruzadas e um livro sobre os Chevaliers. Peguei o livro sobre a sociedade e o folheei. Sabíamos que esse não era o único livro sobre os Chevaliers que meu avô possuía, mas foi o único que pude encontrar no momento. Normalmente, esse tipo de livro não me atrairia, mas talvez devesse aproveitar a oportunidade para lê-lo enquanto estivesse aqui.

Não pude deixar de pensar no quanto meu avô gostava de estar aqui fora, o que lhe dava o isolamento que ele desejava às vezes. Agora, por enquanto, isso faria o mesmo por mim e Raven.

Passei a mão pela superfície de madeira enquanto procurava nos contatos do meu celular a primeira pessoa para quem precisava ligar.

Estava na hora de começar a trabalhar.

CAPÍTULO 2

RAVEN

Eu podia sentir que estava começando a acordar, mas não queria acordar. Acordar era muito doloroso. A dor na minha cabeça parecia como se alguém estivesse tocando bateria sem parar, mas essa não era a única coisa que parecia estranha e dolorida. Não importava quantas vezes engolisse, o gosto metálico em minha boca se recusava a desaparecer. Eu estava muito cansada e o desejo de continuar dormindo estava lá, mas algo estava me forçando a acordar.

Mamãe?

Não, isso não estava certo. Minha mãe morreu há anos. Que diabos havia de errado comigo?

Eu estava, sem dúvida, desorientada. Não havia dúvidas quanto a isso, porque não conseguia me lembrar da última vez em que havia esquecido que a minha mãe não estava mais viva. Houve alguns momentos, depois que ela morreu, em que acordei pensando que tudo não passava de um pesadelo, mas minha realidade era pior. Lágrimas se formaram por trás de minhas pálpebras fechadas. Pensar na morte de minha mãe sempre me levava a elas.

Eu me sentia como se tivesse levado uma pancada no corpo em algum momento e, em seguida, tivesse sido atingida na cabeça repetidamente. Para ser sincera, não tinha certeza da exatidão da minha suposição. Tentei mover minha cabeça para o lado e engoli com força. A dor quase me tirou o fôlego. Em vez de tentar mover a cabeça mais uma vez, tentei mover a minha mão. Também foi difícil movê-la e, quando consegui, uma dor percorreu o meu braço. Eu estremeci, mas a dor passou tão rápido quanto começou. *Será que me deitei sobre minha mão de forma errada ou algo mais terrível aconteceu?*

Quando tentei mover minha mão uma segunda vez, não senti dor, o que foi encorajador. Agora que podia movimentar a mão com mais liberdade, apalpei o local e entrei em contato com algo que parecia um cobertor.

Normalmente, isso não seria um problema para mim, mas sabia que nenhum dos dois cobertores que eu tinha era parecido com esse. Movi minha mão e agarrei os lençóis. Eles pareciam mais grossos do que os que eu tinha em minha cama.

A necessidade de descobrir o que diabos estava acontecendo me venceu. Comecei a entrar em pânico e estava disposta a arriscar sentir mais dor para obter as respostas que desejava. Embora fosse mais fácil falar do que fazer, abri meus olhos lentamente. As lágrimas escorriam lentamente pelo meu rosto e não fiz nada para impedi-las.

A primeira coisa que me chamou a atenção foi o sol que entrava pela janela mais próxima de mim. Como já era dia quando a última coisa de que me lembrava era que era noite? Há quanto tempo estava dormindo?

Que horas eram?

Meus olhos estudaram o cômodo em que eu estava. Embora já tivesse pensado que algo estava errado com base na sensação da roupa de cama, a confirmação disso causou um choque em meu sistema já frágil. Não reconheci nada no cômodo. A arte nas paredes, a estética de madeira pesada – que parecia ser uma característica do design em todo o cômodo – era tudo novo para mim.

Nada disso faz sentido. Onde diabos estou?

Lentamente, virei a cabeça para a esquerda e para a direita, absorvendo o que podia enquanto tentava encontrar algo que me parecesse familiar. Não vi nada que reconhecesse. A única coisa que consegui descobrir foi que estava em um quarto, deitada em uma cama. O cômodo em si não tinha muita coisa além de uma lareira e duas cadeiras vermelho-escuras no lado oposto.

Movi meus membros novamente e fiquei aliviada ao descobrir que não estava amarrada. O pânico voltou a me invadir quando percebi que não me lembrava de como havia entrado nesse quarto. A única opção que restava era que tinha sido trazida para cá por alguém, mas quem?

Eu tentei me sentar e me recompor, mas a náusea tomou conta de mim. Quando tentei respirar fundo para me acalmar, ela só piorou.

Fechei os olhos, convencida de que já tinha visto o suficiente por enquanto. Não era como se isso estivesse ajudando. Depois de alguns segundos e várias outras respirações profundas, lentamente virei a cabeça e vi o que parecia ser uma pia de banheiro e um espelho. O banheiro ficava em uma porta na diagonal de onde eu estava deitada. Deitei-me lentamente e fechei os olhos, esperando ter forças para correr, porque agora sabia, sem dúvida, que ia vomitar.

Embora eu tivesse conseguido acalmar um pouco meu estômago enjoado, a vontade de vomitar ainda era muito forte. Eu sabia que essa era a minha chance de chegar ao cômodo ao lado. Tentar descobrir onde estava teria de esperar, porque a única coisa que tinha em mente era entrar em um banheiro o mais rápido possível. Respirei fundo mais uma vez e tirei o cobertor de cima de mim. Sentei-me com facilidade, movendo as pernas de modo que meus pés pudessem tocar o chão. Levantei-me e isso desencadeou uma cadeia de eventos. Minha náusea aumentou com força e me atingiu, assim como o latejar em minha cabeça. Não tive escolha a não ser correr até a porta e torcer para que estivesse certa em minha suposição de que era um banheiro.

Minha mão voou sobre a boca enquanto percorria com força a distância até a porta. Felizmente, encontrei uma luz para iluminar o cômodo antes que ele começasse a girar. Embora me sentisse péssima, senti um alívio por estar certa e encontrar o banheiro. Mas durou apenas um segundo, porque agora estava ajoelhada sobre o vaso sanitário e vomitando o conteúdo do meu estômago.

Eu me vi dizendo repetidamente em minha mente que desejava que isso acabasse. Isso havia se tornado meu mantra, um mantra que esperava que se tornasse realidade mais cedo ou mais tarde. Minha mão se moveu para colocar o cabelo atrás das orelhas em uma tentativa de evitar fazer uma bagunça maior que teria de limpar. Os movimentos violentos pelos quais meu corpo passava me faziam sentir absolutamente miserável. Parecia que estava vomitando todos os órgãos do meu corpo.

Quando o vômito diminuiu o suficiente para que pudesse finalmente recuperar o fôlego, fiquei grata pelo alívio. Ao tomar grandes goles de ar, não fiquei surpresa ao encontrar uma lágrima caindo pelo meu rosto, e sabia que haveria mais por vir. Em segundos, não havia como impedir que as lágrimas escorressem pelo meu rosto.

Aqui estava eu, a ponto de chorar em um banheiro e sem ter ideia de onde estava, quem ou o que mais estava aqui. Como se tivesse falado em voz alta meus pensamentos internos, vi um movimento pelo canto do olho. Eu estava com muito medo de mover a cabeça para olhar o que era, caso isso me levasse à segunda rodada desse inferno. Em vez disso, concentrei-me em fechar os olhos e deixar meu corpo fazer o que precisava fazer, que no momento, era respirar fundo. Foi só quando senti alguém agarrar levemente meu cabelo que me dei ao trabalho de dar uma olhada.

Nash.

Milagrosamente, vê-lo não me fez vomitar novamente. Na verdade, odiava como ele estava bonito agora, enquanto sabia que devia estar parecendo algo saído de um filme de terror. Enquanto tentava me recuperar e me orientar, lembranças inundaram minha mente. Eu me lembrava de ter visto Nash matar o homem que havia tentado me sequestrar, de ter escapado da Mansão Chevalier e de ter corrido pela floresta. As coisas ficaram confusas depois disso, mas minha intuição me dizia que algo não estava certo. Eu queria dizer a Nash para soltar meu cabelo, no entanto, lutar com ele só me faria gastar uma energia que não tinha tinha.

Tudo isso era humilhante. Talvez fosse meu carma ele ter testemunhado o meu vômito e estar me ajudando, mas não havia nada que pudesse fazer agora. Com um suspiro, puxei levemente meu cabelo, indicando que queria que ele o soltasse. Assim que ele o fez, levantei-me para dar descarga no vaso sanitário. Quando essa tarefa foi concluída, mudei meu corpo para que minhas costas ficassem contra a parede. Fechei os olhos e fiquei sentada, concentrando-me em respirar fundo.

Inspiração e expiração profundas.

Quando tive mais confiança de que não iria acabar ajoelhada em frente ao vaso sanitário mais uma vez, abri os olhos e estendi a mão.

— Posso pegar uma toalha?

Nash não disse nada, mas, para minha surpresa, ele me ouviu. Ele se aproximou e pegou uma toalha de mão que estava pendurada em um suporte na parede. Depois de me entregar a toalha, ele se levantou.

— Vou pegar uma toalha de rosto fresca para colocar na sua cabeça também.

— Não me lembro de ter pedido isso — eu respondi.

— Que merda — ele disse. — Você não tem muita escolha, não é mesmo, passarinho?

Não respondi porque realmente não tinha escolha. Ele estava certo. Eu estava à sua mercê agora.

Ele não fez nenhum esforço para se virar e olhar para mim. A dureza de sua resposta não me surpreendeu. Embora me incomodasse ter que pedir sua ajuda, não tinha escolha, então tentei não deixar que isso me afetasse.

Observei enquanto ele ia até um pequeno armário no banheiro e pegava uma toalha antes de abrir a torneira. Quando a toalha estava molhada, ele a torceu e veio até mim novamente.

— Pegue a toalha, Raven.

Meus olhos se arregalaram quando ele disse meu primeiro nome. Mais lembranças voltaram a mim. Lembrei que a última vez que ele disse meu primeiro nome foi quando estava tentando fugir do carro dele. Minha mão tremeu levemente quando percebi e ele colocou a toalha molhada em minha mão.

— Você me sequestrou — disse. Minha voz mal passava de um sussurro.

— Eu sequestrei. — Ele nem mesmo tentou negar o fato.

— O que você usou para me deixar inconsciente?

— Clorofórmio.

— E você tem algo assim no seu carro, pronto para ser usado a qualquer momento? Eu poderia ter morrido!

Se eu tivesse morrido, não teria sido o único assassinato que ele cometeu naquela noite. Guardei essa parte para mim e, em vez disso, preferi fechar os olhos novamente e tentei acalmar o meu coração acelerado. Eu estava ficando agitada e dessa forma ficaria enjoada de novo. Nash não respondeu, o que foi muito apropriado para ele.

Havia tantas perguntas que queria fazer, mas não conseguia encontrar forças para isso. Foi como se meu corpo percebesse que estava exausta novamente. Eu tinha certeza de que poderia voltar a dormir, aqui e agora. Continuei a permitir que meu corpo descansasse contra a parede com os olhos fechados.

Não registrei o tempo que fiquei nessa posição, mas, por enquanto, era onde me sentia mais confortável. Mentalmente, fiz planos para me mover, mas o meu corpo me disse que não seria tão cedo.

Nash limpou a garganta, forçando meus olhos a se abrirem e chamando minha atenção de volta para ele.

— Vamos lá.

— Estou bem descansando aqui mesmo.

— Mas por quanto tempo? Vou pegá-la e levá-la de volta para a cama.

Pensei em continuar brigando, mas decidi não fazer isso. Não adiantaria nada e provavelmente começaria a vomitar de novo. Além disso, as pancadas na minha cabeça também não estavam melhorando. Ele se abaixou e me levantou. Apertei com mais força a toalha e coloquei um braço em volta do pescoço dele, na tentativa de me fixar melhor em seu corpo enquanto ele me carregava de volta para o quarto.

Ele me deitou na cama e colocou a compressa em minha testa.

A sensação de resfriamento foi maravilhosa em minha pele febril. Normalmente, teria agradecido à pessoa que fez isso por mim, mas a raiva que ainda sentia por Nash ofuscou qualquer lembrança de boas maneiras que eu tivesse.

Observei enquanto ele me colocava na cama. Foi só quando ele estava puxando as cobertas sobre mim que percebi que as cobertas tinham sido tiradas da cama. Ele deve ter feito isso rapidamente enquanto eu estava no banheiro.

Nash voltou ao banheiro, saiu com uma lata de lixo e a colocou no chão, perto da cama. Ele me deu uma última olhada antes de sair do quarto e fechar a porta atrás de si. Demorou alguns minutos até que me sentisse confiante de que ele não voltaria. Fechei os olhos para relaxar e, com sorte, adormecer.

Em minha mente, nenhuma de suas ações desde que acordei anulou o que ele havia feito. A vontade de revidar ainda estava lá. Se eu pudesse confiar que meu corpo suportaria o esforço, teria lutado e feito o possível para encontrar uma maneira de escapar. Seria tolice tentar escapar em meu estado atual.

E quando eu estivesse forte o suficiente?

Nada me impediria de sair daqui e denunciar Nash à polícia, mesmo que isso significasse que teria que cair com ele.

CAPÍTULO 3

NASH

— Obrigado.

— Sem problemas, senhor.

Enquanto fechava e trancava a porta da frente da cabana, pensei em como essa ideia meio idiota poderia realmente funcionar. No mínimo, teríamos comida o suficiente para nos sustentar durante nossa estadia. Comecei a desempacotar a comida que peguei na cabana principal. Nossa equipe levou algumas horas para preparar várias refeições e lanches, então tudo o que precisava fazer era aquecê-las. Pedi a eles que não mencionassem que estava aqui para dar a Raven e a mim alguma privacidade em relação às pessoas que sabiam da existência da pequena cabana.

Depois de guardar toda comida, voltei para o quarto. Girei lentamente a maçaneta, fazendo o possível para abrir a porta suavemente, na esperança de não incomodar Raven se ela ainda estivesse dormindo. E ela estava.

Não pude deixar de olhar para ela deitada pacificamente. Eu sabia que o fato de ela ter ficado doente havia exigido muito dela, e sentia alguma culpa por ter sido o motivo disso. Mas, mesmo com toda a merda que aconteceu, não conseguia esquecer como ela estava linda.

Com essa beleza, veio uma teimosia como eu nunca tinha visto antes. Era fácil perceber que ela sofria por ter que contar com a minha ajuda quando a encontrei no banheiro, mas ela não tinha nenhuma outra opção além de mim no momento. E tudo isso era culpa minha. Eu teria mudado a maneira como fiz as coisas agora? Sim, mas somente se isso significasse que ela não estaria sofrendo.

Quando entrei para ver como ela estava ontem à noite, talvez uma hora depois de termos chegado, ela estava inquieta. Ela se contorcia e se virava durante o sono, embora isso lhe causasse dor. Pelo menos ela teve algum alívio agora, mas sabia que era apenas temporário. Quando ela acordasse e tivesse que lidar com as ramificações do que aconteceu na noite passada, a história seria completamente diferente. Desde o fato de ela quase ter sido sequestrada por Paul, passando por me ver matar o homem que tentou sequestrá-la, até o fato de eu levá-la para o meu pequeno refúgio particular.

A única coisa que me fez sentir melhor sobre tudo o que aconteceu foi que ela finalmente estava tendo o descanso de que precisava. O que ela havia passado já era traumático por si só e só piorou por causa das outras circunstâncias e perguntas para as quais não sabíamos as respostas. Eu ainda não conseguia tirar da cabeça a negação dela sobre a explicação do meu pai para o seu desaparecimento. Por enquanto, o meu desejo de descobrir por que ela foi embora e por que voltou teria de esperar até superarmos esse obstáculo.

Deixei esses pensamentos de lado porque tinha algumas outras prioridades que precisava resolver nesse meio tempo. Fiz uma anotação mental para mim mesmo de que colocaria a lasanha – um dos pratos que foram preparados para nós e que costumava ser uma das comidas favoritas de Raven – no forno. Também havia uma sopa que eu poderia preparar se Raven não estivesse disposta a comer algo tão pesado quanto lasanha. Eu tinha a sensação de que ela se contentaria com a lasanha, mesmo que a sopa fosse a melhor opção, por causa de seu amor por ela. Bem, se esse ainda fosse o caso.

Se ela não estivesse acordada quando a refeição estivesse pronta, eu a acordaria para que pudéssemos comer juntos. Isso me dava bastante tempo para entrar em contato com todas as pessoas que precisava contatar. Peguei o meu celular e liguei para Easton, pois ele precisaria de tempo para poder dirigir até aqui.

— Oi — disse ele quando atendeu minha ligação.

— Você está ocupado?

— Não. Já terminei minhas aulas de hoje. Por quê? O que você precisa?

— Preciso que você passe na minha casa e depois vá para a casa de Raven. Vou lhe enviar uma lista de coisas para você pegar e trazer até aqui para mim.

Ouvi alguns baralhos ao fundo e Easton demorou um pouco para responder.

— Espere, por quê? Onde diabos você está?

— Vou lhe enviar o endereço e, quando chegar aqui, lhe darei mais instruções.

— Vou precisar de mais informações do que isso e você sabe disso. Que diabos está acontecendo?

— Olhe, não estarei no campus por alguns dias e preciso de algumas coisas do meu apartamento porque não tive tempo de pegá-las antes de sair.

— Por que isso parece uma missão das operações secretas? — Dessa vez, revirei os olhos. Ele não estava certo, mas também não diria que ele estava errado. — Você pode fazer isso ou não?

— Sim. Mande-me o endereço e o que você precisa, e passo na casa de vocês e pego.

— Obrigado.

— Mas também quero saber o que está acontecendo.

— Tudo bem. Discutiremos isso quando você chegar aqui.

Desliguei e sabia que não podia lhe dar todos os detalhes sobre o que estava acontecendo e envolvê-lo nessa merda porque ele não era um Chevalier. Eu tinha uma suspeita sorrateira de que ele queria se tornar um, mas ele nunca havia dito essas palavras para mim, então deixei para lá. Percorri a lista de contatos do meu celular antes de encontrar o número para o qual eu precisava ligar.

— Nash.

Foi um pouco chocante quandi ouvi Tomas dizer meu nome em vez de uma saudação, mas aceitei.

— Queria avisá-lo que estarei fora do campus nos próximos dias.

— Isso tem alguma coisa a ver com a morte do homem que você deixou na Mansão Chevalier para nós limparmos?

Estremeci. Eu tinha deixado uma bagunça para eles resolverem, mas duvidava muito que Tomas tivesse sujado as mãos na limpeza.

— Peço desculpas por isso. Eu tinha algo que precisava resolver... algo que ainda preciso resolver.

Eu não tinha certeza do quanto ele sabia sobre minha situação atual, e não tinha certeza do quanto ele precisava saber.

— É a Raven, não é?

Meu silêncio foi a única confirmação de que ele precisava.

— A única razão pela qual eu me importo remotamente com isso é porque você trouxe essa bagunça para nossa casa, Nash.

— Eu fiz isso porque era o único lugar que conhecia onde eu poderia lidar com essa situação facilmente.

— Eu fui brando com você quando o vi naquela noite porque não queria envergonhá-lo caso você se tornasse presidente. — ele suspirou. — Se isso o levará a concluir a tarefa em seu envelope, que assim seja.

Não havia como Tomas me envergonhar porque, com base no que senti naquela noite, não teria problema algum em enfrentar todos os homens naquela sala depois de matar Paul. Eu me senti muito poderoso. Mas fiquei surpreso com sua compaixão em relação aos julgamentos dos presidentes.

— O que você quer dizer com isso?

Ele fez uma pausa e depois disse:

— Você vai perder uma de nossas reuniões. E não se esqueça de que você ainda tem deveres como Chevalier. Isso não inclui as tarefas que você precisa concluir para ser considerado presidente.

Era como se eu não tivesse feito uma pergunta e isso me irritou, para dizer o mínimo.

— Você não respondeu minha pergunta.

Eu fazia o possível para não questionar a liderança da Chevalier porque essa era uma regra tácita, mas eu não ia deixar Tomas escapar dessa.

— Eu sei que não respondi. É porque você ainda não está pronto para a resposta. — Espere um pouco...

Precisei de tudo dentro de mim para acalmar essa reação. Todos os palavrões que conseguia pensar estavam na ponta da minha língua, prontos para sair voando, mas engoli meu orgulho e me contive. Havia coisas mais importantes em jogo aqui e precisava me lembrar disso. Esperei que Tomas respondesse.

— Confie em mim sobre isso, mesmo que não confie em mim para qualquer outra coisa, Nash. Você já sabe parte do motivo pelo qual o nome de Raven estava em seu envelope. Quando você ligar os pontos, tudo ficará mais claro. Agora, de volta ao que eu estava dizendo sobre você perder uma reunião da Chevalier.

— Eu sei. E prometo que encontrarei uma maneira de fazer isso funcionar. Mas tenho uma pergunta para fazer.

Tomas limpou a garganta.

— Sim?

— Algum dos eventos das últimas vinte e quatro horas afeta minhas chances de me tornar presidente? — Eu queria saber o que estava enfrentando. Se aquilo com que estava lidando atualmente me atrapalharia de alguma forma, queria saber para poder me preparar melhor para o que precisava fazer em seguida.

Tomas não respondeu de imediato. O silêncio que passou entre nós pareceu uma eternidade.

— Vou verificar com os outros, mas, no que depender de mim, você está bem. Essas são circunstâncias extraordinárias que estão além do seu controle. Apenas certifique-se de estar disponível para a próxima rodada de testes.

— Obrigado, Presidente.

Meu celular tocou na minha mão. Afastei ele do ouvido e descobri que era uma ligação do meu pai. Pressionei ignorar e continuei minha conversa com Tomas.

— E mais uma coisa.

— Sim? — Esperei que ele dissesse o que eu supunha ser a última coisa que ele precisava dizer.

— Você perguntou à liderança por que o nome de Raven estava dentro do seu envelope.

— Certo.

— De todas as razões do mundo, por que faria sentido o nome de Raven estar em seu envelope? Você deveria pensar nisso dessa forma.

Sua resposta me confundiu, mas sabia que aquele era o fim da ligação.

— Uh. Obrigado.

— Ótimo. Vejo você em breve.

— Tchau.

Tomas encerrou a ligação e fiquei olhando para o meu celular, quebrando a cabeça enquanto tentava processar o que havia acontecido. Tinha sido melhor do que havia previsto, mas ainda tinha a suspeita de que não estava completamente livre.

Então, fui atingido como um raio. O que havia ficado claro era por que o nome de Raven estava escrito em um pedaço de papel que havia sido colocado no meu envelope. Era porque ela era minha maior fraqueza.

CAPÍTULO 4

RAVEN

Eu não pude deixar de sorrir quando Nash parou o carro em frente a um dos meus lugares favoritos na Terra. Minha empolgação não podia ser contida.

— Eu não sabia que você estava nos trazendo aqui!

— É porque era uma surpresa — disse Nash. — Pense nisso como um presente depois de uma longa semana de aulas.

Ele não estava errado. Nosso último ano do ensino médio tinha começado a três semanas. A quantidade de trabalho que já havíamos recebido era enorme, então essa foi uma surpresa bem-vinda. Sorri para ele e voltei a olhar para a placa do lado de fora da janela do carro. Eu achava que nunca esqueceria o design da sorveteria Smith's. Com suas letras vermelhas e elegantes em um fundo branco e o desenho de um sundae em seu logotipo, era facilmente identificável, e podia sentir a felicidade do meu corpo com o que estava prestes a digerir.

Fiquei muito grata por Nash ter decidido me surpreender com um sorvete de um dos melhores lugares para sobremesas da região. Muitas pessoas vinham de perto e de longe para experimentar o famoso sorvete do Smith's.Tínhamos a sorte de tê-la em nossa cidade, o que facilitava a visita sempre que quiséssemos.

— Venha, vamos lá.

Fiz uma pausa ao ver Nash tirar o cinto de segurança e sair do carro. Antes que ele pudesse chegar ao meu lado, me soltei rapidamente e abri a porta do carro. Quando saí para encontrá-lo, Nash me lançou um olhar brincalhão que dizia que ele não aprovava que eu fizesse isso.

Geralmente, era ele quem abria minha porta quando eu estava com ele, e sempre me enchia o saco quando eu mesma fazia isso. Ele balançou a cabeça quando o olhar deixou seu rosto e um sorriso apareceu em seus lábios.

Nash estendeu a mão para que eu a pegasse. Com nossas mãos entrelaçadas, entramos no Smith's e pedimos nosso sabor favorito de sorvete. Sorri quando Nash me entregou um cone de sorvete de bolo de aniversário, e ele escolheu cookies and cream para si mesmo.

Escolhemos uma pequena mesa perto de uma janela e passamos alguns segundos saboreando nosso sorvete antes de eu falar.

— Isso vai ser aleatório, mas você provavelmente é o melhor namorado que já tive. — Eu não tinha ideia de por que tinha dito isso, mas talvez estivesse me sentindo sentimental por ele ter me trazido aqui.

O cone que Nash estava prestes a consumir parou no meio do caminho até sua boca.

— O que você quer dizer com provavelmente?

Não pude deixar de dar uma risadinha.

— Certo, tudo bem. Você é o melhor namorado que já tive.

Nash usou seu ombro para me cutucar, e ri novamente.

— No ano que vem, estaremos entrando em nosso primeiro ano na Universidade de Brentson.

— Isso foi aleatório, e você quer dizer se eu entrar. — Eu tinha feito o possível para manter minha insegurança em relação a isso para mim mesma, mas dessa vez ela escapou. Nash iria, sem dúvida, entrar. Mesmo que ele não tivesse tirado notas tão boas quanto as que eu havia tirado, provavelmente entraria na Brentson com base apenas no seu sobrenome.

Eu, por outro lado, não tinha essa vantagem. Embora também tivesse boas notas, também dependeria de bolsas de estudo e empréstimos estudantis para tornar realidade meu sonho de ir para Brentson. Minha mãe e eu já estávamos discutindo como faríamos para dar certo se conseguisse entrar, e estava fazendo tudo o que estava ao meu alcance para não colocar mais um fardo sobre seus ombros. Embora tivéssemos a sorte de nossa casa estar quitada, minha mãe já estava trabalhando em dois empregos para nos ajudar a pagar as contas.

Eu sabia que ir para a Brentson abriria muitas portas para mim e para minha carreira profissional. Eu sabia que, quando chegasse a hora, poderia ajudar minha mãe para que ela não precisasse trabalhar tanto, se não quisesse. Isso também significava que Nash e eu poderíamos ficar juntos e não precisaríamos nos preocupar com um relacionamento à distância.

Nash se aproximou, puxou minha cadeira para perto da dele e colocou o braço em volta dos meus ombros.

— Você vai entrar, não entendo por que continua duvidando de si mesma. Você é uma das pessoas mais inteligentes que conheço, e a Universidade de Brentson se beneficiaria muito com você.

As palavras de Nash quase me fizeram ter vontade de chorar. Mas, em vez disso, concentrei-me em comer a casquinha de sorvete que estava em minha mão. Quando terminei de engolir mais um pouco de sorvete, disse:

— Você não precisa dizer isso só porque é meu namorado.

— Não disse isso por esse motivo. Eu realmente quis dizer cada palavra, e você precisa acreditar mais em si mesma. É mais fácil falar do que fazer e…

Dessa vez, meu sorriso voltou porque ele estava certo. Eu precisava ter mais fé em mim mesma. Mesmo com minhas inseguranças em relação ao futuro, estava animada com o que este ano traria ao encerrarmos o ensino médio e sabia que, com Nash ao meu lado, não haveria como não ser um dos melhores anos da minha vida.

Eu senti que estava despertando e fiquei irritada. Ficar presa em meu sonho do passado era um espaço seguro para mim. Embora soubesse que era um sonho, era quase exatamente como me lembrava do dia acontecendo na vida real. Como uma adolescente estereotipada, estava tendo dificuldades para lidar com minhas inseguranças naquela época, mas ainda assim desejava ser transportada de volta no tempo para aquele momento mais feliz.

Era uma época em que minha vida parecia estar fora de controle por causa de todas as grandes decisões que tinha de tomar. Mal sabia que, menos de um ano depois, estaria escolhendo um caixão e fazendo os preparativos para um funeral. E minha vida tem sido agitada desde então. Voltar à realidade, para mim, significava que estava de volta à tempestade de merda em que estava vivendo.

Não estava me referindo de forma alguma à cabana onde estava sendo mantida. Era agradável e aconchegante pelo pouco que tinha visto dela. Não, estava me referindo ao homem que teve coragem suficiente para me sequestrar e me trazer para cá.

Abri os olhos e percebi que ainda era dia. Ou havia dormido apenas algumas horas, ou havia dormido a noite toda e era o dia seguinte. A essa altura, parecia que qualquer uma das opções era possível.

Quando tentei me levantar da cama dessa vez, os sinais da minha náusea não apareceram. Um enorme suspiro de alívio passou por meus lábios pouco antes de meu estômago roncar. Isso fazia sentido, já que não sabia quanto tempo havia se passado desde a última vez que eu comi e o que quer que tivesse comido estava agora no vaso sanitário.

Foi então que percebi que a vontade de ir ao banheiro foi o que me acordou. Minha respiração também não estava no melhor estado. Cruzei os dedos ao remover o edredom e foi então que notei alguns arranhões e hematomas em meu braço. Acho que isso acontece quando você se joga de um carro em movimento. Fui até o banheiro na esperança de não ter náuseas novamente e de encontrar uma escova e pasta de dente lá dentro. Devo ter tido um pouco de sorte, pois encontrei uma escova de dentes na embalagem e o que parecia ser um tubo de pasta de dentes novinho em folha esperando por mim.

Usei o banheiro e escovei os dentes rapidamente antes de jogar um pouco de água no rosto. A sonolência que senti na última vez em que estive acordada ainda estava presente, mas não tão ruim quanto antes. Depois de me lavar, senti-me mais revigorada e, embora uma ducha fizesse maravilhas, estava um pouco preocupada com a possibilidade de desmaiar enquanto tomava uma.

Enquanto secava o rosto, finalmente tive coragem de me olhar no espelho, e o que vi me deixou ofegante. Eu estava com uma aparência horrível, para dizer o mínimo. Era como se tivesse sido arrastada pela lama e voltado várias vezes. Minha pele estava mais pálida do que o normal e as bolsas sob os meus olhos davam a impressão de que eu não dormia há semanas, embora tivesse dormido bastante, pelo menos foi o que pensei. Pelo menos meu rosto se saiu muito melhor do que o resto do meu corpo em termos de arranhões e hematomas.

Suspirei. Eventualmente, tudo isso iria se curar de qualquer maneira.

Estranhamente, encontrei um dos meus velhos elásticos de cabelo no balcão e fiz um rápido rabo de cavalo no cabelo. Será que eu o havia colocado ali quando estava acordada, pouco antes de começar a vomitar? Não conseguia me lembrar e, de qualquer forma, isso não importava.

Tentei me esforçar ao máximo para ficar o mais apresentável possível, mas também sabia que essa era a melhor aparência que eu poderia ter. Não havia mais nada que pudesse fazer para consertar isso. Empurrei os ombros para trás e saí do banheiro, passei pelo quarto e fui até a outra porta do quarto. Se ela não me levasse para a sala de estar, ficaria chocada.

Dei a mim mesma um pequeno incentivo enquanto tentava reunir a pequena quantidade de energia que me restava. Respirei fundo para me firmar antes de abrir a porta do quarto, pois não sabia o que me esperava do outro lado dela.

Ao abrir a porta, fiquei surpresa com o que encontrei. Quem projetou esse lugar fez questão de manter a sensação de calor e aconchego em toda a casa, o que também me surpreendeu. Com alguém como Nash Henson tendo acesso a ela, esperava que as coisas fossem mais extravagantes. Isso não quer dizer que a cabana estivesse horrível, na verdade estava muito bonita, mas me fez pensar como Nash conseguiu ficar nesse lugar. Não se parecia em nada com as outras propriedades que sabia que a família Henson possuía, incluindo o apartamento de Nash em Brentson e o apartamento de seus pais na cidade.

Fiquei distraída porque meu nariz se deparou com o que só poderia ser descrito como puro paraíso. Eu estava tendo dificuldade para identificar exatamente o que estava sendo preparado, mas o cheiro era incrível.

— Você está acordada. — Eu me virei e encontrei Nash em pé perto do fogão.

— Sim, sim, estou. E já que estamos dizendo o óbvio, eu quero ir embora.

— Você está com fome?

Meu estômago escolheu esse momento para roncar.

— Parece que isso é um sim.

— Imaginei isso, já que você não comeu.

— Não mude de assunto. Ainda não falamos sobre quando você vai me levar para casa.

— Achei que isso era óbvio. Não podemos fazer isso, passarinho. Vamos ficar aqui por um tempo.

Eu achei que meu corpo só começou a tremer devido à falta de comida, mas essa conversa também era um fator contribuinte. Pena que essa conversa precisava acontecer agora. Quanto mais cedo eu saísse daqui melhor.

— Não há nada que o impeça de me levar de volta ao campus. Não vou contar a ninguém que isso aconteceu.

— Mais uma vez, não posso fazer isso. — Nash olhou para mim por cima do ombro. — Estou aquecendo uma lasanha no forno. Você gostaria de comer um pedaço? Se não, posso preparar uma sopa ou qualquer outra coisa.

Eu podia sentir que minhas emoções estavam prestes a transbordar. Tentei conter as lágrimas que ameaçavam cair. Chorar não era algo comum para mim, mas parecia estar acontecendo com mais frequência agora e não podia me culpar.

Respirei fundo enquanto tentava evitar o inevitável.

— Por que você não me deixa ir? Pelo que parece daqui, não há nada que me impeça de sair correndo por aquela porta agora mesmo.

— Não, mas toda vez que você correr, vou encontrá-la.

Meus olhos se arregalaram com seu comentário, e não me passou despercebido que ele não havia respondido completamente à minha pergunta. Quando abri minha boca para falar, ele falou novamente.

— Você está mais segura aqui comigo.

Algo dentro de mim estalou. Não era possível que ele estivesse falando sério.

— Como assim, estou mais segura aqui com você? Eu o vi matar alguém e você quase me matou!

— Eu não tentei matá-la, mas você deve ter isso em mente da próxima vez que tentar me irritar.

— Isso foi uma ameaça?

— Não. Foi uma promessa. Você gostaria de um pedaço de lasanha ou não?

Eu seria uma tola se não aceitasse. Estava cheirando bem, e precisava comer. Mas também não confiava nem um pouco em Nash.

— Eu quero um pedaço, desde que você dê uma mordida no meu e coma primeiro.

Ele levantou uma sobrancelha diante de minha exigência.

— Sério? Que diabos há de errado com você?

— O que você quer dizer com que diabos há de errado comigo? É você que está assassinando e sequestrando pessoas e acha que há algo errado comigo?

O olhar perigoso em seus olhos me assustou muito, pois achei que poderia ser um indício do que estava por vir.

— Goodwin, vamos nos sentar e ter um jantar relaxante antes que você desmaie e eu tenha que lidar com isso.

Nash se afastou do fogão, pegou minha mão e quase me arrastou até a mesa da sala de jantar. Ele me forçou a sentar na cadeira antes de voltar para a cozinha. Enquanto ele estava distraído com a comida, examinei o cômodo em busca de possíveis maneiras de escapar quando chegasse a hora. Havia algumas janelas e a porta da frente, que poderiam ser boas oportunidades para eu dar o fora daqui.

Havia alguma arma aqui que pudesse usar a meu favor? Devia haver algo que eu ainda não tinha tido a oportunidade de descobrir.

As lágrimas em meus olhos pareciam ter desaparecido enquanto me dedicava a encontrar uma arma e a planejar minha fuga. Minha atenção voltou para Nash quando o vi saindo da cozinha com um prato em cada mão. Quando ele colocou um na minha frente, tive de admitir que parecia tão delicioso quanto cheirava. Minha boca salivou com a visão, mas isso não significava que fosse comestível.

Nash colocou seu prato na frente do assento ao lado do meu antes de voltar para a cozinha. Presumi que ele estava pegando nossas bebidas, mas não perdi mais tempo tentando descobrir o que ele estava fazendo.

Toda a minha atenção estava voltada para encontrar uma maneira de sair daqui o mais rápido possível.

CAPÍTULO 5

RAVEN

Eu dei um tapinha em minha coxa e, pela primeira vez desde que cheguei aqui, percebi que não estava com o meu celular. Quando fugi do carro de Nash, fiz questão de pegá-lo, com o plano de ligar para alguém assim que me afastasse o suficiente dele. É claro que esse plano falhou miseravelmente, e agora estava disposta a apostar que ele o pegou para que não pudesse pedir ajuda a ninguém.

Como se soubesse que eu estava pensando nele, Nash saiu da cozinha muito rápido e mal me deu um segundo para pensar, quanto mais para agir. Fiquei com dor na alma por estar presa aqui por enquanto.

Quando ele chegou à mesa novamente, colocou um copo de água na minha frente e uma cerveja para ele.

— Você nem se deu ao trabalho de me perguntar se eu queria beber outra coisa — eu disse.

— É mais do que provável que você esteja desidratada, e a água é uma das melhores soluções para isso.

Eu sabia que ele estava certo, mas isso não significava que simplesmente cederia. Ele me sequestrou e estava me mantendo aqui contra a minha vontade. Eu certamente não estava me sentindo disposta a ser agradável.

— Isso não significa que você não deveria ter me perguntado o que eu queria.

— Não senti a necessidade.

As palavras dele e o olhar em seus olhos me deixaram ainda mais alerta. O medo me atravessou como um tornado porque realmente não tinha ideia do que ele era capaz.

— Isso tudo é uma grande besteira — murmurei baixinho. Olhei para cima para ter certeza de que ele não havia reagido ao que eu havia dito. Como ele não reagiu, me acalmei um pouco.

Meu lábio tremeu antes que pudesse impedir. Odiava que suas palavras tivessem esse efeito sobre mim. Seu descaso em relação a mim me fazia sentir um lixo, mas precisava manter a calma. Eu tinha visto do que ele era capaz e precisava me certificar de que não acabaria na mesma situação que o cara que tentou me sequestrar.

Observei enquanto Nash se sentava ao meu lado, quando eu supunha que ele iria querer o lugar do outro lado da mesa. Decidi que tomar um gole de água era provavelmente a aposta mais segura, já que o tinha ouvido pegar a água no despenser da geladeira, peguei o copo e o levei aos lábios. Embora soubesse que seria refrescante, odiei o fato de ele estar certo.

Nash pegou seu garfo, inclinou-se e pegou um pedaço da lasanha no meu prato e o levou aos lábios. Seu olhar era ligeiramente brincalhão quando ele colocou o garfo na boca e o lambeu. Ele me olhou fixamente enquanto mastigava a comida, para provar que não a havia envenenado. Se ele estava tentando fazer com que me sentisse tola, não conseguiu. Nunca se pode ter muita certeza depois do que vivenciei nas últimas horas.

Peguei meu garfo também e usei-o para cortar um pedaço da lasanha antes de colocá-lo na boca. O gosto era delicioso. Antes que pudesse me conter, gemi e imediatamente me arrependi de ter chamado mais atenção para mim. Nash olhou para mim com uma sobrancelha levantada.

Fiquei olhando para ele, desafiando-o a dizer alguma coisa. Quando ele não disse, voltei a olhar para a comida à minha frente e, quando dei por mim, estava enfiando outro pedaço de comida na boca, seguido de outro. Era como se eu não comesse há dias e precisasse colocar o máximo de comida em meu estômago o mais rápido possível.

Por falar nisso, não sabia que dia era hoje. Mantive minha pergunta até comer mais alguns bocados e, quando finalmente senti que não ia mais desmaiar, tomei outro gole de água. O líquido acalmou minha garganta ressecada.

— Que dia é hoje? — Eu deixei escapar a pergunta sem pensar duas vezes. Estava irritada por ter que perguntar a ele.

— Sexta-feira.

Eu deveria ter me encontrado com Nash na quinta-feira à noite, o que significava que não dormira um dia inteiro. Esse pequeno detalhe foi reconfortante para mim nesse imenso mar de bagunça.

Por outro lado, também poderia ter dormido por uma semana inteira e não saberia de nada.

— Foi ontem que você matou…

— Cuidado.

Engoli com força.

— Foi ontem que eu estava na Mansão Chevalier?

— Isso está correto.

Seu tom me disse que continuar com essa mesma linha de questionamento me colocaria em um buraco do qual não conseguiria sair. Então, mudei de assunto.

— Você não deveria estar se preparando para o seu jogo de futebol agora?

— Talvez sim. Talvez não. — Ele não entrou em mais detalhes e disse a mim mesma que, se ele continuasse assim, não poderia ser responsabilizada por minhas ações.

Minha mudança de assunto aliviou um pouco a tensão entre nós, mas minha irritação estava aumentando. Eu estava cansada de ficar dançando em torno do verdadeiro motivo pelo qual estava falando com ele porque, se pudesse escolher, eu o ignoraria pelo resto da eternidade. Abaixei o garfo e disse:

— Eu mereço saber por que você não quer me levar de volta ao campus.

— Porque você não está segura lá.

— E eu estou segura aqui com você? — Eu estava com vontade de dar um tapa na cara dele, mas peguei meu copo de água para dar à minha mão outra coisa para fazer.

Nash zombou.

— É a única escolha que você tem no momento, querida.

Revirei os olhos com a forma condescendente com que ele disse "querida".

— E por que isso?

— Porque não sabemos se o idiota que tentou sequestrar você tinha amigos. — Ele bebeu de sua garrafa de cerveja.

— Então, estou mais segura com você? Você me drogou, idiota. — Meu punho apertou o copo. Pensei em jogá-lo, mas tudo o que faria seria aumentar ainda mais a animosidade entre nós.

Nash deu de ombros.

— Eu tinha que garantir que a traria aqui o mais rápido possível, e sabia que não havia como você não revidar. Fiz o que tinha de fazer.

— Isso é ilegal.

Nash deu de ombros.

— Não seria a primeira vez que eu faria algo assim.

Touché. Ele fez uma ótima observação.

— E nada em sua mente está lhe dizendo o quão perigosa é essa sua ideia? Você me sequestrou e está me prendendo contra a minha vontade, sem falar que assassinou outra pessoa. Se a polícia descobrir…

Nash olhou para mim por cima da garrafa de cerveja.

— A polícia nunca descobrirá por que o que você acha que viu está morto e enterrado. Como você acha que foi drogada, sua lembrança das coisas pode estar um pouco... confusa.

— Não tente me confundir. Eu sei o que vi. Eu vi você matar aquele homem.

— Com relação à alegação de sequestro, você está livre para ir, Goodwin. Se quiser, pode sair pela porta agora mesmo, não há cadeados ou restrições especiais que a impeçam de ir. Mas estou lhe avisando: se tentar sair, eu a perseguirei. Toda maldita vez.

Eu acreditei em cada palavra que ele disse. Suas palavras me fizeram sentir algo que não queria sentir. Eu estava indignada, mas, de uma forma meio fodida, era como se suas palavras tivessem acariciado minha bochecha, preparando-me para o próximo passo que ele daria se eu conseguisse escapar. Estava com medo, mas o olhar dele também me excitava. O que diabos havia de errado comigo?

Balancei a cabeça para me livrar dos pensamentos de como seria se ele realmente me pegasse. Não podia deixar que isso atrapalhasse meu julgamento, pois sabia que precisava sair daqui. Mas não havia como conseguir criar um plano e executá-lo agora. Não, precisava de mais tempo, então fiz a única coisa que podia fazer no momento: sobreviver.

Voltei a me concentrar em comer. Era o que meu corpo e minha alma precisavam. Quem quer que tenha feito essa comida se certificou de deixá-la deliciosa. Ela ajudou a me reabastecer, e estava começando a me sentir viva novamente. Tentar pensar não era mais tão difícil, e a sonolência que estava sentindo desaparecia aos poucos.

Limpei meus lábios com um guardanapo e perguntei:

— Posso pegar meu celular?

— Por quê? Para que você possa ligar para alguém?

— Eu quero...— Por que eu estava implorando a ele? Isso parecia estúpido porque o celular era meu.

— Não.

— Me dê o meu celular.

— Não.

— No mínimo, preciso dizer à Izzy que estou bem. Não quero que ela se preocupe.

— Você vai contar a ela tudo o que aconteceu. Ela tem a impressão de que você está doente e não pode falar agora, mas, se você for uma boa menina, talvez deixe você ligar para ela daqui a alguns dias.

Seus comentários me deixaram atônita. A única coisa que consegui fazer foi piscar para ele por vários segundos.

— Se eu for uma boa menina?

Nash sorriu para mim, mas não disse nada.

Eu precisava preencher o silêncio, pois não estava aguentando mais.

— Izzy acha que estou com o quê?

— Você está muito doente. Foi a melhor maneira de explicar por que você estava ausente para... bem, para todos. Você poderá fazer seus trabalhos daqui quando estiver se sentindo bem. Você pode pensar nisso como uma espécie de férias.

— A audácia que você tem é de outro mundo. — Eu balancei a cabeça enquanto tentava processar tudo o que ele havia acabado de me dizer. Então, outra ideia surgiu em minha mente. — Então, qual é a sua desculpa para também não poder ir às aulas, aos treinos de futebol ou a qualquer outra coisa que você faça?

Dessa vez, ele sorriu para mim e me olhou bem nos olhos.

— Nós nos reencontramos recentemente, passarinho. Sou seu namorado carinhoso e atencioso que está fazendo de tudo para atender a todas as suas necessidades.

CAPÍTULO 6

RAVEN

— Nós estamos o quê? Você está fazendo o quê? Não é possível que alguém acredite nessa merda.

Nash se recostou na cadeira e cruzou os braços sobre o peito com um sorriso que eu costumava achar que era uma das coisas mais sensuais do mundo.

— Você ficaria surpresa com a quantidade de pessoas que caíram na ideia de que você e eu voltamos a ficar juntos. Elas acreditaram completamente que agora estou sendo um namorado amoroso e solidário, que está cuidando de você. É muito genial, na verdade, se é que posso dizer isso.

Embora odiasse o fato de ele ter mentido para sabe-se lá quem, parte de mim desejava que metade de seu comentário fosse verdade. Eu queria que ele voltasse a ser o namorado gentil e atencioso que eu lembrava do ensino médio. Em vez disso, estava sentada ao lado de um monstro que não tinha problemas em fazer o que fosse preciso para conseguir o que queria.

— E eu nem preciso dizer, mas tudo entre nós continua igual — ele disse, interrompendo a espiral em que eu estava prestes a cair. — Nosso joguinho ainda permanece em troca de eu não contar seu segredo e...

Dessa vez, eu o interrompi.

— O segredo que você acha que sabe é uma mentira. Van Henson é um grande mentiroso e, no fundo, você sabe disso porque o conhece melhor do que a maioria das pessoas. Como o segredo que você acha que sabe é uma maldita mentira, seu joguinho acabou e você pode beijar a minha bunda.

— Mas eu já fiz isso, passarinho. — Obviamente, ele estava se referindo às nossas aventuras sexuais, e o olhar quente em seu rosto sugeria que ele poderia estar repetindo uma das aventuras em sua mente.

Não pude deixar de revirar os olhos enquanto resistia à vontade de lhe dar um soco na cara. Em seguida, levantei as mãos em sinal de desgosto. Não havia como essa batalha ter acabado, só precisava de mais tempo para pensar e me preparar. Empurrei minha cadeira para trás, de repente perdendo o resto do apetite. Levantei-me e saí da mesa.

A coisa mais educada a fazer teria sido levar meu prato de volta para a cozinha, mas não dava a mínima para ser educada nessas circunstâncias. Esse foi provavelmente um dos piores jantares que já tive, e isso não tinha nada a ver com a comida deliciosa que tinha acabado de comer. Cheguei à porta do quarto e, quando estava prestes a passar por ela, bateram na porta da frente da cabana.

Meu corpo congelou. Seria essa a minha chance de escapar? Alguém tinha vindo aqui para me salvar?

Eu me virei lentamente e dei um passo em direção ao quarto, caso precisasse fugir. Havia pelo menos uma janela aqui pela qual poderia sair rapidamente, mas o fato de estar fechada me atrasaria. Prendi a respiração enquanto observava Nash caminhar em direção à porta da frente. Nada nele dava a impressão de que estava nervoso.

Ele não pareceu surpreso com a batida. Esperei com a respiração suspensa que ele abrisse a porta. Quando ele finalmente abriu, meus olhos se arregalaram. Estudei o homem que estava na frente de Nash enquanto tentava identificar onde o havia visto antes. Seria ele o homem com quem vi Nash caminhando quando cheguei a Brentson? Antes que pudesse confirmar, me distraí com uma pequena loira ao lado dele que reconheci facilmente.

— Bianca? Que porra você está fazendo aqui? — Nash fez a pergunta antes de mim. O fato de ele ter ficado surpreso ao vê-la aqui me deu um pouco de esperança. Se ela não fazia parte do plano dele, talvez pudesse me ajudar a escapar.

— Eu queria falar com você, então fui ao seu apartamento. Estava lá para perguntar sobre o que aconteceu com mamãe e papai depois da festa em nossa casa, mas você não estava lá. Então, esse imbecil entrou pela porta e me disse que estava indo ver você, então eu o fiz me trazer junto. Ele não me disse para onde estávamos indo, mas descobri tudo quando reconheci as estradas que estávamos pegando.

Bianca parou de falar e, de repente, seus olhos se fixaram em mim. Eles então se desviaram entre Nash e eu, enquanto ela tentava entender o mistério que estava se desenrolando à sua frente. Ela se aproximou de mim e me deu um pequeno abraço antes de voltar para perto de seu irmão. Não éramos muito próximas quando Nash e eu namoramos no ensino médio, por sermos mais velhos que ela, mas ela sempre foi gentil comigo quando eu a via.

— Faz sentido que Nash esteja aqui porque somos coproprietários deste lugar, mas por que você está aqui? E o que aconteceu com você? Há tantos arranhões e hematomas... Estou sendo rude e peço desculpas por ser invasiva — ela disse enquanto olhava para mim.

Antes que Nash ou eu pudéssemos falar ou nos mover, o homem com Bianca entrou na cabana, que parecia estar ficando menor a cada segundo com a quantidade de pessoas que estavam lá dentro. Ele colocou uma grande sacola preta aos pés de Nash antes de dar um passo para trás.

— Da próxima vez, me avise se tiver que tomar conta de sua irmã por algumas horas.

Bianca se virou e o encarou.

Ele deu um passo em minha direção e se apresentou.

— A propósito, eu sou Easton, o melhor amigo desse maldito.

— Prazer em conhecê-lo. Meu nome é Raven. — Não me preocupei em colocar um rótulo em meu relacionamento com Nash porque, sinceramente, o que eu usaria? Sua ex? Sua amiga de transa? Sua prisioneira? Qualquer um desses poderia se aplicar.

Demos um aperto de mão antes de nos afastarmos um do outro.

Bianca limpou a garganta, atraindo nossos olhos de volta para ela enquanto voltava a focar sua atenção em nós. Ela olhou de lado para Easton antes de se virar para mim e repetir a pergunta novamente.

— Eu estou aqui porque o seu irmão...

— Quer mantê-la segura — disse Nash, terminando minha frase e mudando o final que eu teria dado.

Eu o encarei porque não gostei que ele tivesse respondido por mim e contado uma mentira.

— Eu posso falar por mim mesma, muito obrigada.

Eu ainda não estava convencida de que ele estava tentando me manter segura em vez de encontrar outro caminho que pudesse usar para me controlar. Me incomodava o fato de que ambas as opções eram potencialmente válidas. O que me pegou um pouco desprevenida foi o fato de Nash ter dito a verdade dessa vez. Em vez de lhes dar a narrativa de que eu estava doente, ele deixou Bianca e Easton a par de seu pequeno segredo obscuro. Ele poderia facilmente ter planejado tudo para que eu não estivesse por perto quando eles chegassem, mas não o fez.

A boca de Bianca se abriu e Easton estudou Nash, suponho que tentando descobrir se ele estava dizendo a verdade ou não. Eu não culpava nenhum deles nem um pouco.

— A salvo de quê? — Bianca perguntou.

— Ontem à noite, Raven quase foi sequestrada — respondeu Nash enquanto me lançava um olhar de advertência.

— Como assim, quase foi sequestrada? — disse Easton.

— Raven quase foi sequestrada, mas eu impedi que isso acontecesse. — Nash não entrou em mais detalhes. Fiquei imaginando se ele mencionaria que havia assassinado o cara, mas, até agora, éramos as duas únicas pessoas na sala que sabiam que ele havia feito isso.

— E por que não estamos indo à polícia para reportar isso?

Tive que lutar contra a vontade de bater palmas. Bianca estava fazendo as perguntas certas, na minha opinião.

— É complicado e só causaria mais confusão se a polícia fosse chamada. Portanto, vamos ficar aqui até segunda ordem. — Nash olhou para Easton e disse: —Você conseguiu encontrar tudo o que eu pedi?

— Consegui.

— Perfeito. Vocês dois gostariam de ficar para o jantar?

A expressão em meu rosto deve ter sido cômica, pois Bianca sorriu. Seus olhos se alternaram entre mim e Nash e então ela disse:

— Eu adoraria.

— Bem, a princesa falou, então parece que vamos ficar.

Bianca se virou e olhou para Easton mais uma vez. Não pude deixar de imaginar o que estava acontecendo entre eles. Isso tirou um pouco do estresse que eu estava sentindo, pois pude voltar a me concentrar neles, e tive de admitir que fiquei levemente entretida.

Mais uma vez, voltamos a nos sentar à mesa da sala de jantar. Nash foi até a cozinha para pegar pedaços de lasanha para sua irmã e seu melhor amigo.

Uma ideia surgiu em minha cabeça.

— Bianca, pode trocar de lugar com o Nash para que você e eu possamos conversar? Faz tanto tempo que não conversamos.

Não era uma mentira. Eu realmente queria conversar com ela e, se essa era uma maneira de distanciar Nash de mim, então aceitaria. Bianca levantou uma sobrancelha para mim enquanto Easton trocava o prato de Nash de lugar. Ela se sentou na cadeira que antes era ocupada por Nash, e eu lhe dei um sorriso genuíno. Mal podia esperar para ver a reação dele.

Quando Nash voltou para a sala de jantar, ele notou imediatamente a mudança na disposição dos assentos. Ele me deu um pequeno aceno de cabeça, reconhecendo que eu era o cérebro por trás da mudança. Não pude deixar de sentir um pouco de alegria, pois parecia que havia vencido essa rodada.

Nash colocou um prato na frente de Easton e depois disse:

— Tenho mais um favor a pedir.

— O que é? E obrigado, cara.

Nash acenou com a cabeça.

— Quero que me empreste seu SUV enquanto estivermos aqui.

Os olhos de Easton quase saltaram de seu crânio.

— Você quer fazer o quê?

— Para aliviar o fardo para você, vou deixá-lo ficar com o Jaguar até eu voltar para o campus.

Easton pensou sobre isso por uma fração de segundo antes de dizer:

— Claro que sim!

— Bem, já que isso está resolvido, vamos comer.

Eu ainda não tinha terminado de comer, mas não tinha mais apetite. Em vez disso, fiquei sentada e usei o garfo para empurrar a comida no prato, só para ter algo para fazer. A única coisa que achava benéfica no fato de Bianca e Easton me verem era que eles poderiam confirmar meu paradeiro caso algo acontecesse. Mas, por outro lado, a probabilidade de que eles denunciarem Nash era baixa, então, no fim das contas, poderia ter sido inútil.

— Já terminei de comer, então vou colocar meu prato na pia. Posso levar mais alguma coisa?

Todos na mesa balançaram a cabeça, então peguei meu copo e prato e fui para a cozinha. Quando estava indo para a pia, vi o celular de Nash no balcão. Coloquei os pratos na pia e olhei por cima do ombro. Ninguém parecia estar prestando atenção em mim, então me aproximei e peguei o celular dele.

Quando cliquei na tela, ela se iluminou imediatamente e me levou à conversa por mensagem de texto que ele teve com Easton. Uma rápida olhada me disse que ele havia planejado tudo isso com ele, onde Easton acabou pegando algumas coisas para Nash e para mim em nossas respectivas casas e as trouxe para cá.

Segui em frente e encontrei seus contatos. Eu sabia que, pelo menos em algum momento, ele tinha o número da Izzy em seu celular e, se eu pudesse ligar para ela e dar uma dica do que estava acontecendo, talvez tivesse uma chance.

O celular voou de minhas mãos e encontrei Nash ao meu lado com um olhar duro. Eu estava tão concentrada no celular que não o ouvi se aproximar de mim.

— Lembre-se do que eu disse, passarinho.

— Está tudo bem aí? — Easton chamou da sala de jantar. Acho que nossa agitação tinha sido mais alta do que eu pensava.

Nash me deu um sorriso de lobo, antes de dizer:

— Está tudo perfeito. Vamos lá?

Fiquei olhando para baixo enquanto ele estendia o braço para que eu o agarrasse, como se estivéssemos em um evento chique e ele estivesse prestes a me acompanhar. Empurrei seu braço para fora do caminho, voltei para a sala de jantar e me sentei.

Tinha de haver algo que pudesse fazer para dizer a Bianca que o irmão dela estava falando asneiras e que precisava sair daqui. Achei que ela seria a mais fácil de convencer, porque, embora ela e Nash fossem irmãos, ela e eu pelo menos nos conhecíamos, ao contrário de Easton, que acabei de conhecer oficialmente esta noite.

Tentei chamar a atenção dela enquanto ela e Easton jantavam e sem que Nash percebesse, mas não consegui. Os três pareciam ter uma conversa amigável, e me sentia como uma estranha no meio deles. Não que quisesse participar dela, de qualquer forma.

— Há algo que eu possa fazer para ajudar?

A pergunta de Bianca me tirou do torpor em que me coloquei depois que minhas tentativas de chamar a atenção dela não funcionaram. Essa era a minha chance.

— Você poderia me levar de volta ao campus?

Bianca inclinou a cabeça e, pelo canto do olho, observei Nash se mexer em seu assento. Sem olhar para ele, percebi que não era por nervosismo em relação ao rumo que a conversa poderia tomar. Era por raiva. Eu podia sentir seu olhar em mim, acendendo um fogo dentro de mim em mais de um sentido.

— Se alguém estiver tentando sequestrá-la, faria sentido que você ficasse em algum lugar onde ninguém esperasse encontrá-la.

Ela tinha razão, mas o maior problema com todo esse cenário era que me deixava com Nash, que agora eu sabia que não tinha problemas em assassinar alguém. Onde isso me deixava?

— Não me sinto confortável aqui. — Implorei silenciosamente com os olhos que ela concordasse comigo.

— Não haveria problema em levá-la de volta comigo — disse Easton. Talvez devesse estar tentando convencer a ele, não a Bianca.

— Raven estará mais segura aqui e não quero colocar ninguém no campus em risco se o sequestrador voltar e tentar terminar o que começou. Não queremos que nenhuma de suas colegas de quarto se machuque por termos agido com muita pressa. Nós dois fomos dispensados do campus por enquanto, então acho que é melhor ficarmos aqui.

Nash sabia exatamente onde atacar e apresentou o argumento perfeito para que eu ficasse aqui por enquanto. É claro que não queria que ninguém se machucasse por minha causa. Não pude deixar de me perguntar se suas palavras também tinham a intenção de ser uma ameaça.

Virei a cabeça e olhei para Nash. Ele estava com uma expressão de triunfo no rosto. Ele sabia que tinha me encurralado. Isso foi pior do que quando ele me encontrou na biblioteca e me arrastou para a escada para fazer sua ameaça original, quando ainda estava tentando me forçar a deixar Brentson. Não tive escolha a não ser concordar com sua posição e assenti com a cabeça lentamente antes de olhar para minhas mãos.

Meu nervosismo aumentou enquanto esperava que Easton e Bianca terminassem a refeição. Eu havia corrido um risco ao pedir para ser levada de volta ao campus. Falhei e agora teria de enfrentar as consequências.

Quando Bianca e Easton terminaram de comer, Easton disse:

— É melhor voltarmos. Alguns de nós vão jogar futebol amanhã e precisam descansar.

Nash balançou a cabeça e disse:

— Tudo bem. Não se preocupe com a louça, eu cuidarei dela depois de levá-los até a porta.

Meu coração se afundou ainda mais em meu corpo. Ele não ia me dar a oportunidade de ficar sozinha com nenhum deles para que pudesse tentar convencê-los uma última vez de que não pertencia a este lugar. Todos se levantaram, menos eu, e começaram a se dirigir à porta. Hesitei por mais um momento e depois me levantei também.

Bianca virou-se para mim e disse:

— Se precisarem de alguma coisa, qualquer um de vocês pode me mandar uma mensagem e farei o possível para ajudar. Não tenho nenhum problema em dirigir até aqui para fazer isso.

— Eu também, mas preferiria que fosse sem você.

— Chega — disse Nash, encerrando a discussão de Bianca e Easton antes que ela pudesse realmente começar. —Tenho certeza de que ficaremos bem, mas vamos mantê-los informados.

Quando Nash fechou a porta da frente, eu poderia ter chorado. Assim que a porta foi trancada, Nash se virou, e suas longas pernas rapidamente venceram a distância entre ele e eu. Ele me agarrou pelo braço e, embora não tenha sido doloroso, ainda estava assustada porque não sabia o que ele faria em seguida. Mas sabia que não podia demonstrar esse medo a ele. Isso só o antagonizaria ainda mais. Puxei para tirar meu braço de seu aperto, mas ele não cedeu.

— Saia de cima de mim.

— Lutar contra mim é inútil. Eu a soltarei quando estiver pronto para isso. Figurativa e literalmente.

Ele se inclinou para baixo e meus olhos se arregalaram. O olhar dele era selvagem e me trouxe de volta à alegria que vi em seu rosto quando ele matou Paul. O sorriso que surgiu em seu rosto me fez tremer e não havia dúvida de que ele havia sentido isso.

Os lábios de Nash estavam a um sussurro dos meus e então ele disse:

— Tente essa façanha novamente e não terei problemas em algemá-la naquela cama e bater nessa sua bunda até que você mal consiga andar.

CAPÍTULO 7

RAVEN

— Nós vamos sair em cinco minutos.

O som da voz de Nash me fez dar um pulo e colocar a mão no peito. Joguei o livro que estava lendo no chão e olhei para ele.

— Vamos voltar para o campus?

— Não. Vista o que você precisa vestir e então estaremos prontos para ir. — Ele se virou e saiu do quarto antes que eu pudesse ter a chance de perguntar mais alguma coisa.

Era a noite seguinte, depois do nosso jantar com Easton e Bianca. Pensei em dizer a ele que não, que não sairia da cabana nessas circunstâncias, mas essa poderia ser minha única chance de sair daqui. Precisava torcer para que ele estivesse me levando para algum lugar e não tentando me matar na floresta ou algo do gênero.

Na maior parte do tempo, Nash me deixou em paz e eu fiquei no quarto. Tentei me certificar de que estava fora do caminho dele e, até agora, tinha conseguido. Essa era uma oportunidade que eu não ia deixar escapar.

Abaixei-me para pegar o livro e o coloquei na cadeira de veludo vermelho à minha frente. Encontrei um moletom e uma calça jeans e os vesti sem pensar duas vezes. Essa foi a maior motivação que tive desde que cheguei aqui.

Nash não disse uma palavra quando viu que eu tinha saído do quarto, e o segui até o SUV em silêncio. Ele ligou o veículo e dirigiu pela estrada de terra.

— Para onde estamos indo?

— A uma loja para pegar algumas coisas.

Então, nós estaríamos em público. Excelente.

A viagem foi tranquila, e não poderia ter pedido outra coisa. Esfreguei as mãos no rosto enquanto esperava Nash estacionar em uma vaga. Era estranho ver Nash dirigindo esse veículo em vez de seu carro esportivo, mas se alguém quisesse ser discreto, essa era a maneira de fazer isso. O espaço maior era um pequeno consolo para mim, pelo menos eu poderia ficar um pouco mais longe dele no SUV.

De qualquer forma, não sabia por que Nash decidiu que aquele era o momento perfeito para fazer uma rápida compra de itens essenciais. Se ele estava realmente preocupado com minha "segurança", ficar na cabana parecia uma escolha mais sensata. Talvez ele estivesse fazendo isso para me mostrar que não temia que eu tentasse fugir.

Eu debati comigo mesma se valeria a pena tentar fugir e obter ajuda de alguém da loja enquanto estivéssemos aqui, mas não sabia até onde o nome Henson chegava ou se sua influência política era poderosa o suficiente para fazer com que tudo isso fosse convenientemente varrido para debaixo do tapete. Eu sabia que ele provavelmente não me perderia de vista enquanto estivéssemos fora.

— Pegue o que você precisar enquanto estivermos lá dentro. O custo não importa, no que me diz respeito.

— Qualquer coisa?

— Qualquer coisa.

Ele não podia estar falando sério.

— Preciso de muitas roupas, já que Easton não trouxe nenhuma com ele.

— Então pegue-as. — Sua impaciência comigo era claramente evidente em seu tom.

Ele encerrou nossa conversa abrindo a porta do carro e saindo. Revirei os olhos e fiz o mesmo.

Percebi que ele nem sequer olhou para mim ao abrir minha própria porta. Uma pontada de tristeza me atingiu inesperadamente, mas sabia exatamente de onde ela vinha. Era um contraste tão grande com o modo como ele agia no ensino médio e, sempre que eu recebia um tapa para me lembrar do quanto as coisas haviam mudado, doía.

Nash pegou um carrinho e juntos andamos para cima e para baixo nos corredores da loja. Eu não tinha problema em pegar as coisas que achava que precisaria para alguns dias longe de casa, embora não tivesse intenção de ficar com ele. Eu sabia que precisava fazer algo para sair dessa confusão e estar aqui poderia ser a oportunidade perfeita. Quanto mais tempo passávamos andando pela loja, mais tempo tinha para procurar uma oportunidade de me afastar de Nash.

Pensei em causar um tumulto enquanto Nash empurrava nosso carrinho, que agora estava quase cheio até a borda, mas o olhar arregalado do caixa me fez parar. A etiqueta de identificação em sua camisa dizia que seu nome era Todd.

— Nash Henson. Eu não esperava que você entrasse na minha loja esta noite.

Todd acenou com a cabeça para mim antes de voltar sua atenção para Nash. Não me senti nem um pouco desprezada quando dei um passo para longe de Nash.

—Você vai ficar por aqui por um tempo? Sentimos sua falta no jogo de hoje.

— Sim, foi ruim não jogar, mas logo estarei de volta ao campo. — Nash deu a ele seu sorriso encantador que sempre fazia com que todos se ajoelhassem em segundos.

Eu contive o grito que queria soltar. Em retrospecto, foi bom não ter causado uma grande cena que faria com que o herói do futebol da cidade fosse questionado. Com certeza teriam me enterrado para salvá-lo, para que ele pudesse trazer outro campeonato nacional para a região.

Quando Todd terminou de passar nossas compras, eu fiquei chocada com o valor total, mas Nash simplesmente entregou seu cartão de crédito sem pensar duas vezes. Nós dois nos despedimos de Todd, e segui atrás de Nash quando começamos a nos dirigir para a saída. Fomos parados por Todd, que chamou o nome de Nash.

— Você pode autografar algumas coisas para mim?

Nash olhou para mim antes de dar um sorriso apertado para Todd.

— É claro.

— Uau, mal posso esperar para contar ao Bob sobre isso — murmurou Todd em voz baixa, mas alto o suficiente para que nós três ouvíssemos.

Cruzei os braços e me afastei lentamente de Nash enquanto ele estava distraído. Nunca tinha visto alguém assinar as coisas tão rapidamente na minha vida e, assim que me aproximei da saída, Nash estava bem ali, olhando para mim como se soubesse o que eu estava planejando fazer.

Tinha sido perturbador ver como ele tinha sido gentil com Todd, dando a ele cada pedacinho de sua personalidade encantadora, antes de mudar da água pro vinho em relação a mim. Ele era, sem dúvida, de um jeito para o público e de outro para o privado.

Olhei para baixo enquanto Nash se despedia de Todd e nós dois caminhávamos para o SUV de Easton, onde Nash carregou todas as coisas que compramos enquanto me sentava no banco do passageiro.

Lutei contra um bocejo quando ele entrou no veículo e fiquei aliviada quando finalmente terminamos e estávamos voltando para a cabana.

No entanto, esse alívio durou pouco, porque depois eu teria que lidar com Nash pelo resto da noite.

— Não foi tão ruim assim, foi? Fora o fato de você ter tentado fugir?

— Não, acho que não foi.

— Não foi por acaso que eu escolhi vir aqui tão tarde da noite.

Nash não entrou em detalhes, mas não precisei que ele o fizesse, pois rapidamente entendi o que ele queria dizer. Ele tinha escolhido intencionalmente vir aqui tão tarde para diminuir as chances de eu conseguir pedir ajuda. Mas acho que posso agradecer às minhas estrelas da sorte por ele não ter me deixado trancada na cabana enquanto ele fazia esse passeio sozinho.

Não me dei ao trabalho de olhar para Nash, pois minhas emoções e pensamentos estavam em todo lugar. Eu estava entre o pensamento de que havia perdido a oportunidade de voltar para Brentson e a gratidão por ninguém ter tentado me atacar. Tudo o que queria fazer era voltar para casa e me preparar para dormir. Em vez disso, estava sendo levada para uma cabana para a qual não queria ir e, agora que o clorofórmio estava totalmente fora do meu sistema, não sabia quanto tempo conseguiria dormir, pois estava preocupada com o que Nash poderia estar fazendo.

Ficamos em silêncio durante o resto da viagem. Assim que Nash parou completamente em frente à cabana, eu saí pela porta, pois não queria mais ficar tão perto de Nash.

Depois de levarmos tudo para dentro da casa, peguei imediatamente o que precisava para tomar banho. O que eu tomei hoje de manhã foi bom, mas com alguns dos itens que normalmente adorava usar, minha ducha ficaria melhor. Demorei um pouco e, quando terminei, vesti meu novo pijama de mangas compridas e deixei meu cabelo solto. Quando me vesti, fui até a sala de estar, onde encontrei Nash descansando no sofá. Não o olhei de relance, mas pude senti-lo observando cada movimento que eu fazia.

Fui até a cozinha e procurei um copo. Quando encontrei um, coloquei água nele e tomei um longo gole antes de enchê-lo novamente. Quando me dei por satisfeita com a quantidade de água que havia bebido, dei uma olhada no balcão da cozinha e encontrei as chaves do SUV de Easton. Peguei-as rapidamente, sem pensar, e atravessei a cozinha até a sala de estar. Nash não havia se mexido do sofá, então continuei meu caminho até o quarto.

Tomei outro gole do meu copo de água antes de colocá-lo na mesa de cabeceira. Eu estava prestes a me enfiar debaixo das cobertas com as chaves ainda na mão quando Nash entrou no quarto.

— O que você está fazendo aqui? — Dei um passo para trás e coloquei minha mão que ainda segurava as chaves atrás das costas.

Nash olhou para mim antes de tirar a camisa.

— O que parece que estou fazendo? Indo para a cama.

Fiquei olhando para seu peito por tempo demais antes de pensar em uma resposta.

— Não, você não está. Você pode dormir na sala de estar, como tem feito.

Ele zombou.

— Não vou dormir na sala de estar de novo.

O fato de ele dormir na sala de estar foi incrível porque me deu a chance de respirar. Foi a minha salvação. Eu não queria ser responsabilizada por sufocá-lo com um travesseiro enquanto ele dormia no meio da noite.

— Você não vai dormir aqui comigo de jeito nenhum. Eu vou dormir no sofá.

— Você tem medo de dormir ao meu lado, passarinho? Não é como se você nunca tivesse feito isso antes.

Ele deu um passo em minha direção, o que fez com que eu desse um passo atrás para manter a mesma distância entre nós.

— Não tenho medo de você. — Era uma mentira, mas continuei com ela. — Quando dormimos juntos na mesma cama, foi antes de você decidir que era uma ótima ideia me manter em cativeiro. Se achava que o desprezava depois que você me encurralou na biblioteca, isso não se compara ao que sinto agora. Você me dá nojo.

Ele deu mais um passo em minha direção.

— Não era isso que você estava dizendo...

— Fique longe de mim. — Dei um passo para trás em direção à mesa de cabeceira. Eu realmente precisava tirá-lo daqui antes que ele percebesse que eu tinha as chaves da SUV de Easton.

— Goodwin...

Revirei os olhos.

— Estamos de volta a essa merda de novo.

— Não há mal nenhum em dormirmos na mesma cama.

— Há muito mal nisso, e não quero ficar perto de você. Isso deve ser suficiente.

Os olhos de Nash me examinaram, mas ele manteve suas emoções por trás de uma máscara.

— Sua boca está dizendo uma coisa, mas seu corpo está me dizendo algo completamente diferente. — Ele deu mais um passo em minha direção.

Não havia para onde eu ir, e ele precisaria de no máximo três passos para me agarrar.

— Eu disse, saia de perto de mim!

Era como se Nash tivesse encarado minha exigência como um desafio. Quando ele deu mais um passo, o mundo parecia estar se fechando sobre mim e, de repente, comecei a me sentir claustrofóbica. Todos os meus sentidos estavam gritando para que saísse dessa situação o mais rápido possível. Ele deu mais um passo em minha direção, e eu reagi.

Peguei o copo de água que havia colocado na mesa de cabeceira e joguei nele. Minha mira estava muito errada, mas serviu como uma distração. Nash se abaixou e cobriu a cabeça. Quando ele olhou para mim de seu lugar no chão, seus olhos arregalados e sua boca ligeiramente aberta mostravam que ele não acreditava no que eu tinha acabado de fazer. Essa era a minha chance. Aproveitei a oportunidade para correr.

Consegui contorná-lo sem que ele pudesse agarrar meus pés e saí correndo da sala o mais rápido que pude. Não parei para pensar, muito menos para calçar os sapatos, antes de abrir a porta. Antes que pudesse sair correndo, Nash colocou o braço em volta do meu tronco, mas lhe dei uma cotovelada, fazendo com que ele me soltasse um pouco, e então revidei com um chute. Não tive tempo de olhar para onde meus golpes acertaram, pois meu foco era chegar ao veículo do lado de fora.

Ele xingou e me soltou, dando-me a oportunidade de correr novamente. Para um plano aleatório no qual não havia pensado, estava indo muito bem, se ao menos conseguisse entrar no veículo e trancar a porta antes que Nash me pegasse.

Parecia um déjà vu quando destranquei a porta da casa e corri a curta distância até o carro. Quando estava prestes a fechar a porta do lado do motorista, Nash apareceu e a parou.

— Quanto mais você demorar para sair desse maldito carro, passarinho, mais furioso eu vou ficar.

— Deixe-me ir, Nash!

— Eu já avisei a você.

Tentei torcer meu corpo para chutá-lo novamente, mas ele deve ter percebido o que estava planejando. Ele rapidamente moveu seu corpo para bloquear minha tentativa de puxar a porta e me puxou para fora do carro. Depois de segurar de maneira firme minha barriga, ele fechou a porta com a outra mão.

Lutei contra seu aperto e gritei por ajuda enquanto ele me arrastava de volta para a cabana. Ele não disse uma palavra enquanto eu lutava para tentar fazer com que ele me soltasse. Se conseguisse me soltar, teria outra chance de chegar à porta.

Mas Nash era muito forte. Até mesmo as tentativas de chutá-lo em lugares que sabia que causariam mais dano foram inúteis. Ele me levou pela sala de estar e não parou até entrar no quarto e me jogar na cama.

Antes que eu pudesse piscar, ele estava subindo em cima de mim e segurou minhas mãos acima da cabeça enquanto olhava fixamente em meus olhos.

— Eu prometi a você que toda vez que você fugisse, eu a caçaria e a traria de volta para mim. Você é minha, passarinho. Agora é hora de lhe mostrar o que acontece quando você me faz correr atrás de você.

CAPÍTULO 8

NASH

A capacidade de Raven de me enfurecer nunca deixou de me surpreender. Achei cômico o fato de ela ter tentado fazer uma façanha enquanto estávamos na loja. Sua decisão de tentar roubar o SUV de Easton não tinha feito nada além de me irritar. Agora era hora de descarregar toda a minha agressividade reprimida em seu corpo.

No início, pensei que sua respiração pesada fosse resultado do esforço que ela fez para fugir de mim, mas a dilatação de seus olhos me disse o contrário. Meu olhar percorreu seu peito e pude ver a dureza de seus mamilos através da camiseta que ela vestia. Voltei a me concentrar em seus lábios e imaginei como seria a sensação de tê-los envolvendo meu pau. A imagem dela de joelhos comigo fodendo sua boca me deixou ainda mais duro. Quando ela passou a ponta da língua em seu lábio inferior, eu estava perdido. Ela queria isso tanto quanto eu.

Com minhas mãos ainda segurando seus pulsos, me inclinei e dei um beijo forte em seus lábios. A sensação era crua e necessitada. Eu estava exigindo tudo dela e não aceitaria nada menos que isso. Ela resistiu no início, tentando se afastar, antes de desistir e me beijar de volta, forçando um gemido baixo de minha boca. Eu queria devorar cada centímetro dela, mas primeiro começaríamos por aqui.

No fundo, eu sabia, assim que a peguei, que isso não seria nada lento. A necessidade de consumi-la, era tão intensa e era um sentimento que me recusava a ignorar. Parecia que fazia muito tempo que não estávamos juntos, e não queria desperdiçar nem mais um milésimo de segundo antes de estar dentro dela.

Rompi o beijo e passei o dedo em seus lábios, hipnotizado pela visão que tinha diante de mim. Ela não estava de volta à minha vida há muito tempo, mas tinha me transformado em uma contradição ambulante. Eu queria me vingar da dor que ela havia me causado e também queria fazê-la feliz. Os sentimentos conflitantes que eu tinha por ela aumentaram o desejo de puni-la pelo que ela havia feito.

Envolvi sua garganta com minha mão, não o suficiente para sufocá-la, mas com firmeza o suficiente para que pudesse senti-la engolir com força. Sorri para mim mesmo quando seu corpo tremeu sob meu toque. Tê-la assim era intoxicante, algo em que poderia facilmente me tornar viciado. Quando ela suspirou, contive um sorriso. Ela estava gostando disso tanto quanto eu. Apesar de nossas diferenças, sempre fomos eletrizantes na cama, e eu sabia que dessa vez não seria diferente.

Afrouxei o aperto antes de mover minha mão para baixo até tocar seus seios através da camiseta que ela vestia. Em vez de fazer um movimento imediato para levantar a barreira entre sua pele e minha mão, brinquei com seus mamilos através da camiseta, alternando entre carícias suaves e beliscões, e os observei ficarem mais duros. Quando ela gemeu, foi a minha ruína. Qualquer fragmento de controle a que eu estivesse me agarrando havia desaparecido.

Depois de levantar meu corpo para que pudesse tirar sua camisa, disse:

— Suas mãos ficam aqui até que eu diga que você pode se mexer.

— Eu pensei que você tivesse algemas.

Meu lábio se contraiu.

— Você não sabe o que eu tenho. Não se mexa, entendeu?

— Sim. — Ela assentiu rapidamente com a cabeça, e eu teria apontado que ela parecia quase uma boneca de *bobblehead* quando fez isso, mas estava muito perdido para sequer formar as palavras.

Eu a beijei novamente, de modo que os únicos sons que podia ouvir dela eram os gemidos causados pelo que eu estava infligindo em seu corpo. Usei minha mão para colocar um de seus mamilos em minha boca. Chupei com força e mordi o bico rígido o suficiente para provocar um suspiro de Raven. Em seguida, circulei lentamente a área sensível com a minha língua até que ela começou a gemer. Eu estava bem ciente da linha tênue entre prazer e dor. Ela gostava quando a provocava dessa maneira.

Minha outra mão desceu por seu corpo até encontrar sua boceta. Meus dedos dançaram ao longo da calça do pijama que ela vestia, provocando-a com o que estava por vir.

Meu toque se tornou mais agressivo antes que enfiasse a mão dentro de sua calça e me deparasse com o tecido de algodão de sua calcinha. Depois que mudei de posição para dar a mesma atenção ao outro mamilo, senti seu olhar quente me observando enquanto continuava a provocá-la, sem ir além da barreira que sua calcinha proporcionava. Antes que ela pudesse esconder seus olhos de mim, pude ver o desejo neles. Aposto que conseguiria fazer com que ela implorasse pelo meu toque, se quisesse. Mas isso exigiria que eu tivesse mais paciência do que tenho agora.

— O que você quer?

— Eu quero que você...— Ela cerrou a mandíbula com força antes de concluir o pensamento.

Fiquei surpreso por ela ter ao menos começado a falar.

— O que você quer que eu faça?

Vi sua boca se abrir uma vez e depois se fechar. Quando ela o fez novamente, era óbvio que estava lutando para formar as palavras.

— Eu quero que você...

— Não vou fazer mais nada até ouvir você dizer o que nós dois queremos ouvir.

— Eu quero que você me foda! Primeiro com seus dedos e depois com seu pau!

Suas palavras alimentaram o fogo que ardia dentro de mim. Quem era eu para negá-la quando ela dizia isso com tanta doçura?

Lambi meus lábios e disse:

— Finalmente.

Inclinei-me para trás e puxei a calça do pijama e a calcinha dela pelas pernas. Eu estava tão faminto por ela que não podia lhe dar exatamente o que ela queria. Pelo menos não imediatamente.

Passei um dedo para cima e para baixo em sua fenda.

— Porra, você está encharcada. Você adorou que eu a perseguisse, não foi? Eu reivindicando você como minha?

— Eu não sou sua, Nash. Já fui, mas não sou mais.

— É aí que você se engana, passarinho. E estou disposto a apostar que esse foi um dos motivos pelos quais você voltou para Brentson. Você estava voando de volta para casa. Para mim.

Antes que ela pudesse pensar em uma resposta, minha boca tomou o lugar do meu dedo, e ela gemeu de prazer. Eu nunca me cansaria de ouvir aquele som.

Gostei de usar minha língua para brincar com seu clitóris.

— Por favor. Oh, meu...

Sua voz soava desesperada e me forçou a olhar para ela, deixando de lado a tarefa que tinha em mãos. Eu estava orgulhoso dela por ter mantido as mãos onde eu havia mandado, mas podia ver a luta crescente que ela estava enfrentando.

— Você está livre para mover as mãos — eu disse contra sua boceta. E então voltei a trabalhar em seu corpo em um frenesi.

Ela suspirou de alívio quando suas mãos se aproximaram do meu cabelo. Eu gemi contra ela, e ela estremeceu em resposta.

Os gritos que saíam de seus lábios continuaram a aumentar e eu deslizei um dedo para dentro dela. Lentamente, introduzi outro dedo junto com o primeiro. Lutei contra o gemido que queria soltar quando senti as paredes de sua boceta se agitarem contra eles. Percebi que ela estava chegando perto.

Usei meus dedos para fodê-la até o esquecimento e a expressão de puro êxtase em seu rosto era impecável. Se houvesse apenas algumas imagens das quais eu pudesse me lembrar pelo resto da vida, essa seria uma delas. Coloquei outro dedo dentro dela e ela gemeu.

— Eu vou...

Essas eram as palavras que estava esperando para ouvir. Seu aviso serviu apenas como incentivo e, quando a senti perder o controle de si mesma, meus dedos e língua não pararam até que ela gozasse.

Enquanto ela recuperava o fôlego por um segundo, procurei na gaveta da mesa de cabeceira e tirei uma camisinha. Rapidamente, tirei minhas roupas, sem me importar com o local onde elas caíram, e enrolei o preservativo no meu pau.

— Quero que você fique de quatro, de frente para a cabeceira da cama.

O olhar vidrado em seus olhos me fez duvidar se ela havia me ouvido, mas ela obedeceu. Assim que ela se acomodou, estendi a mão e dei-lhe uma palmada na bunda.

— Ei! Por que isso?

— Por ter tentado fugir. Embora agora nós dois saibamos o quanto você gosta de ser perseguida, passarinho.

Dei-lhe mais três tapas na bunda e, a cada vez, seus gemidos ficavam mais altos. Peguei meu pau e passei-o para cima e para baixo em sua fenda, cobrindo-me com seu suco antes de me enterrar profundamente dentro dela.

— Sim! — ela gritou depois que finalmente lhe dei o que ela queria.

— Isso vai ser duro e rápido e esse é seu único aviso.

Antes que ela pudesse respirar novamente, minhas mãos se apertaram em torno de sua cintura para nos ajudar a nos firmar antes que começasse a penetrá-la. O ritmo que havia estabelecido foi de zero a cem rapidamente e, quando ela começou a responder às minhas investidas, eu gemi.

Eu mal conseguia ouvir seus gritos por causa do som do meu coração batendo forte. Isso não poderia ser descrito como nada além de mágico, e estava determinado a aproveitar cada segundo.

Logo, sua boceta se apertou ao redor do meu pau, e eu sabia que ela estava quase lá. Isso me deu outra onda de energia e minhas investidas se tornaram mais fortes, determinado a garantir que ambos gozássemos juntos.

Enquanto seu orgasmo tomava conta de seu corpo, a penetrei mais algumas vezes antes de me juntar a ela em uma névoa induzida pelo orgasmo. Missão concluída.

Nenhum de nós se moveu por um minuto enquanto tentávamos recuperar o fôlego. Ela choramingou quando tirei meu pau de seu corpo e me afastei para jogar fora as evidências de nossa transa. Molhei uma toalha de rosto em água morna e voltei para o quarto para ajudá-la a se limpar antes de cuidar de mim mesmo.

Quando ela estava deitada tranquilamente em meus braços, não pude deixar de dizer:

— Parece que você vai precisar de outro banho.

Suas risadas suaves foram o segundo som mais doce que ouvi esta noite.

CAPÍTULO 9

RAVEN

Eu olhei de soslaio para a luz que estava incidindo sobre meu rosto. Eu estava convencida de que quem quer que tenha permitido que ela incidisse sobre mim estava fazendo isso para me irritar. Abri meus olhos lentamente e encontrei o culpado. A lâmpada na mesa de cabeceira mais próxima de onde eu dormia à noite estava acesa e me acordou do breve cochilo que havia tirado. Embora não tenha sido longo, foi o cochilo mais tranquilo que tive desde que cheguei a esta cabana.

Não fiquei surpresa por ter adormecido. Atribuí isso ao sexo fenomenal que Nash e eu tivemos esta noite. Fazer sexo com ódio faz isso com uma pessoa. Balancei a cabeça para mim mesma quando pensei no que Nash e eu tínhamos feito. Será que ainda nos odiávamos? Eu poderia dizer que sim, um sonoro sim. Mas ele com certeza não tratava meu corpo como se o odiasse, nem a mim, considerando o número de orgasmos que havia me proporcionado. Então, por que eu deveria reclamar?

O que o sexo alucinante não anulava eram todas as coisas fodidas que Nash havia feito. Eu tinha sido capaz de deixar isso de lado para satisfazer minhas necessidades egoístas algumas horas atrás, mas isso não compensava nada das coisas horríveis que ele fez.

Se me arrependi do que aconteceu esta noite?

Não.

Por mais que me doa dizer isso, faria tudo de novo em um piscar de olhos. A forma como nossos corpos se fundira um ao outro era difícil de expressar em palavras. Mesmo depois de passar dois anos separados, ele conhecia meu corpo de uma forma que não deveria fazer sentido, mas fazia.

Mas o que eu não conseguia entender era o fato de ele não ter problemas em fazer sexo com alguém que ele achava que o havia traído e tentado dormir com seu pai. Para mim, isso seria o maior tapa na cara, e não gostaria de ver essa pessoa novamente, muito menos chantageá-la para um relacionamento sexual.

Em sua mente, essa era uma maneira de competir com o pai? Seria outra fonte de vingança e retorno?

Além disso, ainda não havia descoberto quais eram meus sentimentos em relação a tudo isso. As coisas que ele fazia meu corpo sentir eram de outro mundo, mas a culpa, por uma série de razões, ainda reinava suprema em minha mente. Culpa por gostar de como ele me fazia sentir enquanto transávamos. Culpa pelos segredos que continuava a guardar porque tinha muito medo de falar sobre eles.

Sem mencionar que não confiava em Nash. Ele alegava estar preocupado com minha segurança, forçou-me a ficar nesta cabana com ele, mas o vi cortar a garganta de um homem com um sorriso no rosto apenas algumas noites atrás. Como poderia confiar nele depois disso?

O que nada disso respondia era: quem iria querer me sequestrar? E onde a morte de minha mãe se encaixava em tudo isso, se é que se encaixava?

Passei as mãos pelo rosto antes de esticar os membros, apreciando a sensação em todo o corpo. Embora estivesse um pouco dolorida, me sentia maravilhosa e relaxada. Tirei as cobertas do meu corpo e saí da cama. Encontrei uma camiseta branca que Nash havia usado mais cedo naquele dia e a coloquei sobre meu corpo nu. Depois de verificar que não o havia perdido de vista quando olhei para o banheiro, saí do quarto e encontrei Nash sentado no sofá. A televisão estava ligada, mas tinha certeza de que ele não estava realmente assistindo ao que estava sendo exibido. Sua cabeça estava abaixada e o volume da televisão estava baixo, então presumi que fosse apenas um ruído de fundo.

Seria fácil para mim sair e voltar para a cama, mas algo estava me puxando para ele. Algo que não conseguia descrever. Parecia que havia um vínculo entre nós que parecia nunca desaparecer. Contra todos os meus instintos que me diziam para correr na direção oposta, continuava sentindo como se algo estivesse me puxando de volta para ele.

Entrei na sala de estar e me sentei no sofá, certificando-me de manter pelo menos algum espaço entre nós.

— Oi — disse. Quando Nash reconheceu minha presença com um leve aceno de cabeça, continuei: — Está tudo bem?

— Claro.

— Não parece que está, então isso significa que obviamente não está — disse com naturalidade. Não foi fácil para mim ouvir que ele estava escondendo alguma coisa e, por algum motivo, queria saber o quê.

— Essa é uma suposição válida.

Por que ele estava sendo enigmático?

— Então, se quiser, diga-me o que há de errado.

— Não é algo sobre o qual queira falar.

Eu deveria ter esperado que ele não quisesse falar comigo sobre o que poderia estar incomodando-o, mas a rejeição ainda doeu.

— Bem, se estiver tudo bem, posso lhe fazer uma pergunta?

Ele acenou com a cabeça novamente.

— Sim, mas não há garantia de que a responderei.

Justo.

— Se você acha que tentei dormir com seu pai, por que você iria querer transar comigo de novo?

Nash não respondeu imediatamente, e me perguntei se ele iria mesmo responder. Ele inclinou a cabeça para trás e esticou as pernas à sua frente antes de cruzá-las na altura do tornozelo.

Em seguida, virou a cabeça para mim e disse:

— Parte disso teve a ver com orgulho. Precisava mostrar a você que eu era a pessoa que poderia lhe dar todo o prazer de que você precisaria.

— Ou parece que você precisava provar algo para si mesmo.

Isso deve ter doído porque seus olhos se estreitaram para mim. Eu sabia o que estava fazendo quando disse aquilo, e a razão era que estava com raiva por ele acreditar que eu tinha me rebaixado tanto a ponto de tentar dormir com o pai dele.

— Não consigo entender como você pensa que eu poderia fazer isso com você, Nash.

— Não foi tão difícil para mim acreditar. Eu também nunca teria acreditado que você iria embora no meio da noite sem dizer uma palavra, mas aqui estamos nós.

A declaração de Nash me forçou a olhar pra ele de novo. A maneira como ele disse isso foi tão calculada. Tinha uma frieza que não estava esperando. Ele não me devia lealdade, nem tinha motivos para confiar em mim depois de todo esse tempo, mas estaria mentindo se dissesse que suas palavras não pareciam um tapa na cara.

Antes de tudo isso acontecer, estava pensando em contar a Nash o motivo de ter ido embora, mas algo estava me impedindo. Fiquei feliz por ter ouvido meus instintos, porque só podia imaginar quais seriam as ramificações se tivesse contado tudo, especialmente se ele não estivesse em um bom estado mental para me dar uma chance justa de contar a ele o meu lado da história.

Eu contive o que realmente queria mencionar e, em vez disso, disse:

— Eu nunca lhe dei a impressão de que faria tal coisa. Quando começamos a ficar juntos no ensino médio, estava nervosa com o que as pessoas poderiam pensar sobre o fato de estarmos juntos. Nós crescemos de forma muito diferente e não sabia no que estava me metendo, já que seu pai era o prefeito da cidade.

O fogo brilhava em seus olhos. O tique em sua mandíbula ficou mais proeminente e sabia que nada disso ia acabar bem.

— Eu fiz tudo o que pude para tranquilizá-la sobre o que eu sentia por você. Como me sentia em relação a nós. Mas não foi bom o suficiente para você sequer pensar em…

— Nem diga isso, porra. A essa altura, não importa o que eu diga, você não vai acreditar em mim de qualquer forma, então não vou tentar.

Levantei-me para sair, mas ele agarrou minha mão antes que eu pudesse dar um passo.

— Quero que você olhe bem nos meus olhos e me diga que não tentou transar com o meu pai.

Com um suspiro profundo, virei-me para encará-lo, e parecia perfeitamente adequado que eu fosse a única a olhar para ele dessa vez. Ele fez com que me sentisse um lixo assim que voltei a Brentson, e era hora de fazê-lo perceber como era a sensação de ser menosprezado. Provavelmente era uma sensação que ele nunca havia sentido em toda a sua vida.

— Eu não tentei, nem jamais tentaria dormir com o seu pai. A simples ideia é revoltante. E o fato de você ainda acreditar nisso mostra o pouco que pensa de mim. Nesse caso, a maçã não caiu muito longe da árvore, porque você é nojento como seu pai.

Eu podia senti-lo queimando um buraco em minhas costas enquanto me afastava dele. Quando cheguei ao quarto novamente, peguei alguns dos travesseiros extras que haviam sido jogados no chão e criei uma parede entre o meu lado da cama e o que seria o dele. Eu não sabia se ele entraria aqui depois do que aconteceu na sala de estar, mas queria estar totalmente preparada para o caso. Se ele não tivesse percebido que não era bem-vindo aqui depois do meu último comentário, então isso seria suficiente.

Mas o que ele não sabia era que a culpa havia se infiltrado em meu subconsciente.

Porque, embora o que eu disse fosse verdade, ainda não tinha contado tudo a ele.

CAPÍTULO 10

NASH

Repassei a conversa que tivera com Raven em minha cabeça várias vezes, muito depois de ela ter se retirado para o único quarto da cabana. Eu estava de péssimo humor depois de nossa interação e, no fundo, sabia que não deveria ter descontado nela. Ela era simplesmente o alvo mais próximo e tinha feito tudo o que podia para garantir que ela se sentisse da mesma forma que eu.

Por que tinha feito isso?

Eu a tinha excluído. Parte disso foi porque ainda estava irritado com ela por ter tentado fugir. Eu não tinha dúvidas de que ela tentaria ir embora, e foi por isso que a ameacei antes. Sabia que minhas palavras só ajudaram a fertilizar a semente que havia sido plantada em sua cabeça. O que não esperava era que ela tentasse me matar com um copo enquanto tentava fazer sua "grande fuga".

Mas havia algo mais. O que não queria que ela soubesse era que havia me sentido vulnerável. Eu não queria deixá-la entrar. Da última vez que o fiz, ela desapareceu sem deixar rastros, e tive que lidar com as consequências. As pessoas que perguntavam constantemente como eu estava acabaram se tornando um fardo em vez de um conforto. As perguntas intrusivas sobre o desaparecimento dela se arrastaram por meses, tornando impossível esquecer o assunto e seguir em frente. Tentar encontrar respostas para essas perguntas enquanto todos me olhavam com pena me deixava constantemente irritado.

As lembranças daqueles meses me irritavam e isso, somado à nova raiva que eu sentia de Raven por causa da situação atual, foi o suficiente para me levar a fazer algo emocional. Deixei meu lugar no sofá e fui até a cozinha para pegar uma cerveja. Isso me daria algo para fazer.

Peguei a cerveja na geladeira e usei um abridor para retirar a tampa. O frescor da bebida gelada cobriu minha garganta e diminuiu um pouco minha raiva. Peguei a garrafa e saí da cozinha em direção à porta da frente.

Foi uma bobagem sair com o tempo tão frio como estava? Sim, mas se isso significava que iria me refrescar, então que assim fosse. Os sons da natureza que me cercaram assim que saí de casa podem ser uma preocupação para alguns, mas foram pacíficos para mim.

Ficar sozinho aqui na cabana, tinha se tornado meu porto seguro quando as coisas ficavam estressantes, mas com Raven nela, parecia que meu mundo tinha virado de cabeça para baixo. Eu ainda estava brigando comigo mesmo sobre se ela tentou ou não dormir com o meu pai. Quando meu pai me encontrou com o coração partido depois que descobri que Raven tinha ido embora e me disse por que ela tinha ido, não tive dúvidas de que era esse o caso. Não pensei em mais nada.

Eu odiava que a ideia dela e de meu pai juntos ainda estivesse lá, flutuando em meu cérebro sempre que as coisas em minha cabeça ficavam calmas. Isso se tornou mais evidente desde que ela voltou à cidade, o que fazia sentido. Eu havia tentado esquecer o assunto, mas com ela de volta, isso fez com que desenterrasse todas as lembranças e pensamentos que tinha sobre ela e que esperava que tivessem sido enterrados.

Era um problema enorme. Desde que ela voltou à cidade, não fez nada além de mexer com minha cabeça, e esse era um momento da minha vida que deveria ter sido dedicado à faculdade, ao futebol e aos Chevaliers. Eu esperava e desejava que ela voltasse anos atrás e, agora que ela estava aqui, não causava nada além de estresse. Tê-la aqui me fez querer voltar aos velhos hábitos que costumávamos ter, mas ainda estava chateado. Meus sentimentos em relação a ela oscilavam entre o que costumávamos ter e a raiva pelo estado atual das coisas.

Tomei outro gole de cerveja enquanto examinava meus arredores. Eu podia imaginar que meu avô fazia a mesma coisa quando suas emoções o dominavam. Eu podia vê-lo vagando pela varanda, perdido em seus pensamentos, enquanto tentava encontrar uma resposta que lhe escapava.

Terminei minha cerveja antes de voltar para dentro, esperando que uma resposta viesse mais cedo ou mais tarde. A irritação e a raiva ainda estavam presentes, mas dar os mesmos passos que meu avô havia dado inúmeras vezes e estar ao ar livre me fez sentir mais leve. Por enquanto.

Entrei no quarto e a encontrei dormindo tranquilamente de lado. Ela estava enrolada em uma bola. Não pude deixar de me perguntar se era uma questão de conforto ou se ela estava tentando ficar menor depois do que eu havia dito.

Controle-se, Henson. Essa posição é apenas confortável para ela.

Raven tinha colocado um monte de travesseiros atrás dela, criando uma barreira improvisada entre nós. Eu sabia que ela estava fazendo isso para simbolizar um pouco mais o abismo entre nós dois, porque isso nem de longe me impediria de agarrá-la se eu quisesse. Ter que ficar separado dela por tanto tempo agora parecia sufocante. O desejo de estar perto dela era tão constante quanto minha necessidade de respirar. Eu sabia que isso também estava mexendo com meu cérebro.

Foi então que uma ideia surgiu em minha cabeça. Foi mais cedo do que eu esperava que acontecesse, e fiquei feliz. Raven precisava aprender que eu falava sério e dizia o que queria dizer. Eu respeitaria seu desejo de deixar um espaço entre nós, mas faríamos isso do meu jeito.

Como se soubesse que a estava observando, ela girou o corpo e se virou de costas, perfeita. Era como se as estrelas estivessem se alinhando e soubessem qual era o meu plano.

Saí do quarto e voltei para a mochila preta que havia pedido a Easton para trazer. Eu tinha pedido para ele pegar uma maleta preta que era para ser uma surpresa para Raven, mas não tinha problema em "surpreendê-la" agora. Ela não ficaria feliz com isso, mas eu não me importava.

Abri o zíper da pequena maleta e tirei o que precisava. Voltei para o quarto e fiquei satisfeito ao ver que ela não havia se mexido novamente. Isso tornaria meu trabalho muito mais fácil.

Não pensei no que estava fazendo enquanto me movia. Se parasse por algum momento, poderia fazer com que ela acordasse antes que tivesse a chance de executar meu plano. A profundidade de sua respiração me disse que ela estava dormindo profundamente enquanto agarrava seu pulso e o algemava à cama. Agradeci às minhas estrelas da sorte por não termos nos preocupado em substituir a estrutura da cama depois que meu avô morreu, porque se tivéssemos feito isso, essa solução não seria possível.

Puxei as cobertas para trás e me deitei na cama. Estendi a mão para trás e toquei os travesseiros. O instinto me fez querer puxá-la para os meus braços, mas me contive. Em vez disso, preferi cair em um sono agitado.

CAPÍTULO 11

RAVEN

Eu sabia que algo estava errado antes mesmo de acordar. Era como se meu corpo sentisse que algo estava errado, mas não conseguia saber o que era.

Ou pelo menos não conseguia até mover minha mão esquerda.

Tentei puxar meu braço para mim, mas ele estava sendo impedido por alguma coisa. Foi então que abri os olhos e vi que estava algemada à cama.

Aquele filho da p…

— Nash! — gritei a plenos pulmões. — Ei, idiota, me solte!

Como ele não apareceu nem respondeu imediatamente, meu cérebro entrou em pânico. Será que ele estava na cabana? Será que tinha me deixado aqui acorrentada à porra da cama? Voltei a gritar.

— Socorro! Socorro!

Foi então que ouvi a porta do quarto se abrir e Nash entrou com uma caneca na mão.

— Bom dia — ele disse com um sorriso no rosto.

A raiva se instalou em meu corpo enquanto observava sua postura diante de mim. O fato de ele aparentar estar calmo, tranquilo e relaxado enquanto me encontrava nessa situação difícil só aumentou ainda mais as chamas que estavam se formando em meu corpo.

— Como ousa fazer isso comigo? Tire essas algemas.

— Não, não estou com vontade. — Ele tomou um gole do que estava na xícara. Era como se ele tivesse todo o tempo do mundo e que o fato de eu estar algemada à cama fosse uma ocorrência normal e cotidiana.

— Por que você está fazendo isso?

— Para lhe dar uma lição.

— Uma lição? Por ter tentado fugir?

— Bingo.

— Você é um bastardo sádico. — Essas foram as primeiras palavras que me ocorreram e saíram voando da minha boca com toda a repulsa que estava sentindo por ele.

— Não é a pior coisa que já me chamaram.

— Me. Deixe. Ir. — Puxei meu braço, esperando que as algemas ou a estrutura da cama cedessem, permitindo que me libertasse. Minhas esperanças não foram atendidas. Em vez disso, senti a picada aguda das algemas em meu pulso.

— Vou soltá-la… eventualmente. Quando me acalmar, é claro.

— Quando você se acalmar? Você já parece muito calmo.

— Então acho que vamos esperar que você se acalme primeiro.

Eu rosnei para ele antes de perguntar:

— E se eu precisar usar o banheiro?

— Parece um problema pessoal para mim.

— O problema será seu quando tiver que limpar tudo.

— Eu não vou limpar nada.

Ah, é isso mesmo. É porque ele era rico. O fato de ele pedir a outra pessoa para limpar meus resíduos corporais, que ele poderia facilmente ter deixado que eu cuidasse, era desprezível e me fez julgá-lo ainda mais severamente.

— Quem está fazendo uma manobra agora?

Quando seu olhar se voltou para mim, sabia que ele não estava esperando aquela resposta. Que bom. Foi bom por ele ter feito isso comigo. Em vez de responder, ele tomou outro gole de sua caneca antes de se virar para sair do quarto.

Quando estava prestes a gritar com ele novamente, ele parou, olhou por cima do ombro e disse:

— Não se esqueça. Essa foi apenas a primeira parte da minha ameaça. Você não está nem remotamente preparada para a segunda parte.

Com isso, ele saiu do quarto, fechando a porta atrás de si. Gritei de frustração e raiva, mas também fiquei sem resposta.

Eu estava completamente entediada. Eu não tinha o meu celular, pois Nash não o havia devolvido depois de me sequestrar e me arrastar para cá, então não podia usar isso para me distrair. Depois que Nash saiu do quarto mais cedo e me deixou algemada aqui como uma criminosa, gritei com ele para me soltar pelo que pareceram horas, mas ele simplesmente me ignorou. Depois que aceitei que ele não voltaria até que estivesse bem e pronto, parei de gritar e me acomodei para esperar por ele. Não fazia sentido continuar a perder a voz também, pois já sentia que tinha perdido minha dignidade.

Se ele não voltasse logo para cá, teríamos outro problema. Minha bexiga estava tão cheia que tinha certeza de que podia ouví-la gritando comigo dentro do meu corpo. Embora não estivesse animada com a perspectiva de fazer xixi na cama em que estava algemada, seria bom para aquele idiota ter de lidar com a bagunça. A ideia disso quase me fez sorrir, até que me lembrei de que ele chamaria outra pessoa para fazer isso de qualquer maneira.

Como se soubesse que estava pensando nele, Nash entrou no quarto despreocupadamente, como se não estivesse nem aí para nada, e foi até o meu lado da cama. Ele se sentou na beirada dela e me movimentei para tentar chutá-lo.

— Acalme-se. Estou prestes a tirar suas algemas. — Ele segurou uma pequena chave para que a visse.

Congelei no lugar e esperei que ele cumprisse suas palavras. Ele demorou um pouco para se aproximar das algemas, mas finalmente as destravou com a chave que estava segurando. Quando ouvi o clique decisivo anunciando que havia sido libertada, rapidamente tirei meu pulso da algema e saí correndo da cama para ir ao banheiro, batendo a porta atrás de mim. Cheguei bem a tempo.

Assim que terminei de esvaziar a bexiga e me lavar, saí e encontrei Nash encostado no batente da porta que ligava a sala de estar ao quarto.

— Você aprendeu a lição?

Meu estômago começou a roncar e sabia que precisava comer o mais rápido possível. Eu não tinha certeza de quanto tempo fiquei algemada à cama enquanto estava acordada, mas já fazia horas que havia acordado esta manhã. Eu estava tensa e dolorida, mal tinha conseguido ir ao banheiro a tempo, estava com fome e sede, e agora ele ia ficar aqui, falando comigo como se eu fosse uma criança petulante que ele tinha deixado de castigo? Bem, que se dane isso e que se dane ele. Ele não tinha o direito, e estava tão furiosa que mal conseguia enxergar direito.

— Que se danem as suas lições. Agora saia do meu caminho.

Nash nem sequer tentou se afastar da porta.

— Nash, saia. — Eu poderia ter sido mais educada, mas, sinceramente, não me importava mais. Eu estava mais do que irritada e, se ele não se mexesse, certamente faria algo por causa da raiva.

Nash ficou ali parado, parecendo não se importar com nada do que disse, e eu já havia superado isso. Fui até a porta onde ele estava e o empurrei para fora do caminho. Provavelmente teria sido mais fácil para mim responder à sua pergunta, mas não me importei. Eu precisava fazer algo para descarregar a raiva que estava sentindo. Eu o empurrei para fora da porta com toda a minha força e ele mal se moveu alguns centímetros, mas ainda assim foi algo satisfatório.

Agora eu estava livre para entrar na sala de estar e não perdi tempo, fui até a cozinha para encontrar algo para comer. Não ouvi Nash me seguir até lá, embora pudesse sentir sua presença antes de me endireitar e fechar a porta da geladeira. Eu havia encontrado ingredientes para um parfait de iogurte que, pelo menos, me tiraria a fome. Joguei os ingredientes em uma tigela e olhei para cima. Ele ainda estava lá.

— Posso ajudá-lo com alguma coisa ou você vai ficar aí parado assistindo enquanto eu como?

Como ele não respondeu, revirei os olhos e fui até a mesa da sala de jantar. Não fiquei chocada ao vê-lo seguir o exemplo e puxar sua própria cadeira para se sentar.

Isso foi muito assustador. Eu sabia que essa era sua maneira de tentar me intimidar, mas me recusei a deixá-lo fazer isso. No entanto, mudei um pouco minha abordagem.

— Posso ajudá-lo em alguma coisa?

Ele ergueu ligeiramente as sobrancelhas antes de se recostar na cadeira e cruzar os braços sobre o peito. Um sorriso de satisfação surgiu em seus lábios.

Tudo o que ele estava fazendo era me irritar ainda mais. Eu odiava que ele tivesse esse poder sobre mim, mas disse a mim mesma que era compreensível depois que ele acabou de me algemar a uma cama.

— Então, o que está em sua agenda? Sequestrar outra pessoa?

— Você ficaria satisfeita se eu fizesse isso?

Eu bufei.

— Eu ficaria feliz se você me deixasse ir.

— Eu já lhe disse que isso não vai acontecer. Não até que eu saiba que você…

Bati com o punho na mesa. Juro que não tinha problemas de raiva antes de voltar para Brentson. Ou, diabos, desde que me vi perto de Nash novamente.

— Segura. — Coloquei aspas imaginárias ao redor da palavra usando meus dedos. — Eu sei. A salvo dessa ameaça que não temos certeza se ainda existe. Sinceramente, estou convencida de que você me sequestrou em algum truque de merda para me fazer me apaixonar por você novamente.

Comi um pouco mais do meu parfait. Comer era a única coisa que me impedia de perder completamente a sanidade.

— Eu não precisaria me esforçar muito para isso, passarinho.

Uma risada sarcástica saiu de minha boca antes que percebesse o que havia acontecido.

— Você não conseguiria nem me fazer transar com você agora se tentasse me chantagear para fazer isso de novo.

— Agora nós dois sabemos que isso é mentira, Goodwin.

Quase perdi a coragem quando ele disse meu nome. O uso do meu sobrenome significava que ele estava ficando mais irritado, mas não podia recuar. Eu me recusei a recuar.

— Afinal de contas, isso não é apenas uma disputa entre você e seu pai para saber se ele também fodeu meus miolos?

As palavras saíram antes que percebesse que iria dizê-las. O impacto do que eu disse atingiu a nós dois ao mesmo tempo, mas ele reagiu primeiro. Ele pulou da cadeira e ela caiu para trás com um baque retumbante. Meu coração se acelerou em minha garganta, impedindo-me de gritar quando ele veio em minha direção.

CAPÍTULO 12

RAVEN

Nash arrancou a colher da minha mão antes de me agarrar pelos antebraços e me puxar até que eu ficasse de pé. Estávamos tão próximos um do outro que achei que ele fosse me beijar, mas não o fez. Ele se abaixou e me jogou por cima de seu ombro.

— Que diabos...

— Você queria me irritar? Bem, parabéns, você conseguiu. Agora é hora de você enfrentar as consequências.

Fechei minha mão em um punho e comecei a bater em suas costas. Eu podia sentir a raiva que irradiava dele e me divertia com isso. Deixá-lo tão irritado quanto ele me deixava era emocionante pra caramba. Ele havia tentado afirmar seu domínio durante toda a nossa estadia aqui e já estava farta disso. Cada passo que ele dava soava estrondoso enquanto me carregava de volta para o quarto. Quando ele me jogou na cama, imediatamente tentei me levantar do colchão, mas Nash usou seu corpo para me impedir.

— Pare de se mexer, porra.

— De jeito nenhum. Saia de cima de mim.

— Você não ouviu o meu aviso.

Engoli com força. Pensei no resto da ameaça dele e senti um arrepio no corpo.

O olhar de Nash escureceu antes de ele dizer:

— Você queria a minha atenção. Você a tem.

Odiei a reação do meu corpo a ele. Odiei o fato de querer lutar e transar com ele ao mesmo tempo.

— Você pode tentar lutar contra isso, mas você não quer sair desta cama e mal pode esperar para ver o que estou prestes a fazer com você.

— E tudo o que você quer fazer é me foder para me calar.

O sorriso que apareceu no rosto de Nash foi tudo, menos amigável.

— Fico feliz por estarmos na mesma página. Quero você de joelhos, com a bunda virada para mim.

Tente essa façanha novamente e não terei problemas em algemá-la àquela cama e bater nessa sua bunda até que mal consiga andar.

Que droga. Ele havia me espancado depois que tentei fugir no SUV, mas não o suficiente para que eu não conseguisse andar. Agora parecia que ele ia cumprir sua promessa.

Senti-o puxar minhas calças para baixo e me colocar de joelhos em um movimento rápido. Eu deveria ter ficado mais irritada com o que estava prestes a acontecer, mas estava excitada. Eu podia me sentir cada vez mais molhada e ele mal tinha me tocado. Sentir a traição do meu corpo causou uma enorme contradição dentro de mim. Ele havia me colocado contra mim mesma e estava pronto para usar isso a seu favor.

Sua mão acariciou suavemente minha bunda.

— Vou bater em você até que essa bunda fique rosada. E depois vou foder você com tanta força que não saberá o que é direita ou esquerda.

Se achava que estava molhada antes, agora estava encharcada. O dedo de Nash deixou de tocar minha bunda para passar de cima para baixo pela costura da minha calcinha.

— Você gostou disso, não gostou? Posso sentir que você está encharcada através da calcinha.

Antes que pudesse reagir, sua mão deu um tapa na minha bunda, e parecia que eu podia ouvir o som ecoando por toda o quarto. Arfei em resposta e pude ouvir Nash rindo atrás de mim. Fiquei com vontade de esganá-lo, mas meu corpo traidor estava muito empenhado no que quer que fosse para distrair qualquer um de nós indo atrás dele.

— Esse tapa foi por não ter prestado atenção ao meu aviso. Estou fazendo isso para sua segurança, mesmo que você seja cabeça dura demais para ouvir. — Ele abaixou minha calcinha para que minha bunda ficasse mais exposta.

— Dizer a alguém que ela é cabeça dura é…

Ele deu outro tapa na minha bunda e eu gritei. Foi mais forte do que da primeira vez e isso foi inesperado. Mas ele não estava nem perto de terminar. Ele usou a palma da mão para acariciar brevemente a área dolorida antes de dar um tapa forte no outro lado da minha bunda.

Depois disso, mais dois tapas foram dados rapidamente, seguidos pelas mãos de Nash me esfregando com suavidade novamente. Ele repetiu as palmadas e as carícias mais algumas vezes, e fiquei grata por ele não ter me pedido para contá-las, pois não teria como manter a contagem. A maneira como ele me mantinha no limite entre a dor e o prazer estava tornando impossível pensar, só conseguia sentir.

Tentei conter sons ou palavras, mas não consegui. Eu adorava o que Nash estava fazendo comigo tanto quanto o odiava por isso. Lágrimas apareceram no canto dos meus olhos, mas não estava machucada. Estava perdendo a batalha para me controlar e a luta estava se tornando demais. Quando as lágrimas escorreram pelo meu rosto, senti-o tirar minha calcinha do caminho antes de tocar minha boceta.

— Você está molhadinha. Eu adoro isso.

Ouvir sua satisfação com a resposta do meu corpo ao que ele havia feito fez meu estômago dar um grande nó. Eu poderia esperar e desejar que o que ele disse não fosse verdade, mas sabia que era. Seus dedos brincaram ao longo da minha fenda antes de introduzi-los em mim. Eu o ouvi murmurar uma maldição sob sua respiração. Então, ele moveu a mão e estava quase morta.

— Nash — seu nome saiu de meus lábios e terminou com um gemido. Logo ele se tornou parte de um canto que oscilava entre dizer seu nome e fazer um barulho indescritível que provavelmente não conseguiria repetir a menos que estivesse nesse estado.

— Isso é tudo em que você vai pensar quando se sentar. Em como deixei sua bunda dolorida e em como você gostou disso.

— Sim — eu disse, mas perdi a linha de raciocínio. Se é que havia uma linha de pensamento, por causa do que ele estava fazendo comigo. A única coisa em que conseguia pensar era onde ele estava me tocando e as sensações que estava causando em meu corpo. O prazer em mim começou a aumentar com a combinação das palmadas e pela forma que estava me fodendo com os dedos. Não demoraria muito para que chegasse ao clímax e essa era a única coisa a que estava me agarrando. Eu precisava disso. Eu ansiava por isso.

Fechei os olhos quando um gemido saiu de meus lábios e pude sentir meu corpo pronto para aceitar o orgasmo que estava prestes a se manifestar. Nash também deve ter sentido isso, porque então ele parou seus movimentos. Meus olhos se abriram novamente e olhei por cima do ombro. Eu o vi sorrindo enquanto me estudava.

— Você achou que ia deixar você gozar assim tão fácil? Você tem que merecer.

Nash escolheu esse momento para dar um tapa na minha boceta, fazendo com que meu corpo inteiro sentisse um choque. Que diabos ele estava fazendo comigo?

— Vá se foder — foram as únicas palavras que consegui dizer.

Ouvi a risada de Nash atrás de mim.

— Não, passarinho. Eu vou foder com você. Termine de tirar a calça e a calcinha.

Fiz o que ele disse, e ele jogou algo perto do meu corpo na cama. Demorou apenas um segundo para que percebesse o que era.

— Você comprou um vibrador para mim?

— E você vai usá-lo em seu clitóris enquanto eu a fodo. Volte à sua posição.

Eu deveria ter me sentido incomodada por causa da maneira como ele havia falado comigo. Mas não fiquei. Na verdade, não saberia dizer se estava mais excitada agora ou mais excitada quando ele estava batendo na minha bunda. Eu o ouvi abrir o que supunha ser uma embalagem de camisinha atrás de mim.

Peguei o vibrador e o controle remoto e voltei a me ajoelhar. Nash afastou ainda mais minhas pernas antes de se juntar a mim na cama.

— Faça como eu disse, Raven. Coloque o brinquedo em seu clitóris e não o mova até que eu diga.

Olhei fixamente para o brinquedo antes de colocá-lo perto de meu clitóris. Usei minha outra mão para pressionar o botão para ligar o dispositivo. Quando ele ligou, movi minha mão porque fiquei surpresa com a vibração e pude ouvir Nash rosnando atrás de mim antes de colocar o objeto de volta onde ele queria.

Ele passou o pau para cima e para baixo na minha boceta e esperei ansiosamente que ele deslizasse para dentro de mim. Quando ele o fez, eu gritei.

— Oh, meu...

Minhas palavras sumiram porque minha capacidade de falar morreu. Ele moveu seu corpo ligeiramente para trás antes de estocar em mim. Fiquei atordoada e em completo silêncio. Eu me sentia completamente cheia e ele só tinha começado a me foder. Quando ele estocou em mim novamente, gritei.

— Estou gozando.

— Que bom. Porque essa não será a primeira vez que isso acontecerá hoje.

Se todas as preliminares antes disso estavam adicionando lenha a fogueira, suas palavras acenderam o fósforo. Logo me senti deslizando sobre a borda até o ponto sem retorno e aproveitei cada segundo.

— Mantenha o vibrador onde ele está.

Fiz o que ele pediu e levei um momento para recuperar o fôlego. Quando consegui, disse:

— Por favor...

— Por favor, o quê? — perguntou enquanto estocava em mim novamente.

— Eu quero gozar de novo.

Nash rosnou em resposta e acelerou o ritmo. Eu não queria que isso acabasse e meus olhos se fecharam porque podia sentir o prazer crescendo dentro de mim mais uma vez. Eu não poderia ter outro orgasmo tão rápido, poderia?

— Nash. — Minha voz se arrastou porque, mais uma vez, as palavras me escaparam.

— Eu sei. Estou bem aí com você.

Não demorou muito para que sentisse todo o meu corpo se contrair e depois relaxar mais uma vez enquanto meu orgasmo tomava conta de mim. Quando Nash soltou um gemido, sabia que ele tinha me seguido até o limite e estava navegando em um mundo de relaxamento e felicidade.

Nash não se moveu imediatamente. Ele demorou um pouco para recuperar o fôlego antes de sair de dentro de mim, e imediatamente senti falta da sensação dele ali. Desabei na cama e pude ouvi-lo se movimentando no banheiro, mas não tive energia para tentar ver o que ele estava fazendo.

Não me dei ao trabalho de tentar vê-lo voltar para o quarto, mas o ouvi. Também ouvi quando ele pegou uma toalha quente e me limpou, certificando-se de usar a toalha para aliviar minha bunda. Dei um pulo quando senti suas mãos massageando minhas nádegas e havia algo nelas.

— Isso é apenas loção. Para ajudar a aliviar a ardência.

Eu estava cansada demais para discutir, e a sensação era maravilhosa. Enquanto ele continuava a prestar muita atenção em minha bunda, não pude deixar de refletir sobre o que tinha acabado de acontecer. Na primeira sessão de sexo com raiva, não tive nenhuma preocupação. Mas essa? Eu sabia que não demoraria muito para que acabasse me arrependendo. Especificamente, lamentando o quanto eu havia gostado.

CAPÍTULO 13

NASH

O bocejo que saiu de minha boca não pôde ser evitado. Embora tivesse dormido bem na noite anterior, acordei cedo e ainda me sentia exausto. Não ajudava o fato de estar irritado comigo mesmo. Eu deveria estar concentrado em estudar para uma prova, mas me vi olhando constantemente para Raven, na esperança de chamar sua atenção. Mas ela continuava a não me dar nenhuma.

Era assim desde que a havia sacaneado depois que testou os meus limites quando a tirei das algemas na cama. Para tornar as coisas ainda mais interessantes, nunca havíamos resolvido a grande discussão que tivemos na outra noite sobre o que realmente aconteceu entre ela e meu pai. Eu sabia que tínhamos muito a discutir e, conhecendo Raven e seu provável estado de espírito, não seria uma conversa agradável. No começo, estava bem com o silêncio. Não a culpava por me ignorar, mas isso estava me deixando louco.

À medida que o silêncio continuava, comecei a questionar a versão do meu pai sobre o que havia acontecido. Eu não entendia completamente por que estava mudando de opinião, mas estava começando a acreditar em Raven. O que havia causado essa mudança?

Eu não tinha certeza, mas a frase que ela me disse, quando mencionou a disputa com meu pai, foi mais forte do que eu achava que qualquer um de nós esperava. O fato de ela ter tido a audácia de fazer isso depois de ter negado que tivesse acontecido causou uma mudança em mim. Era como se ela não tivesse nada a perder e não se importasse com as consequências… bem, pelo menos não se importava até eu bater em sua bunda até ela ficar rosada.

Eu podia admitir que não deveria tê-la tratado daquela maneira, mas depois de acreditar no que meu pai havia dito por tanto tempo, foi difícil reconectar meu cérebro para pensar de outra forma. Eu havia tentado falar com ela quando saiu para a sala de estar esta manhã e não obtive resposta. Cheguei ao ponto de tentar irritá-la, dizendo que lhe devolveria o celular se ela falasse comigo, mas ela se recusou a ceder. E eu estava muito acima de implorar para que ela falasse comigo dessa forma.

Pelo menos, por enquanto, eu estava.

Atribuí meus sentimentos ao fato de ter ficado tão pouco tempo com ela nos últimos dias. A única pessoa com quem podia conversar cara a cara no momento era Raven, e ela estava me ignorando. Normalmente, estar sozinho e não ter que lidar com ninguém seria uma sensação agradável para mim, mas, por alguma razão, isso estava me incomodando quando se tratava dela. Eu poderia mentir para mim mesmo e dizer que era por causa da nossa história em comum e do nosso envolvimento em uma situação estressante.

Mas sabia qual era o verdadeiro motivo. Era simplesmente porque era ela. Não poder falar com ela enquanto estava fora foi horrível e não pude deixar de me perguntar o que ela estava fazendo naquele exato momento. Agora sabia o que ela estava fazendo. Tentando se concentrar na leitura do livro didático à sua frente, embora ela estivesse na mesma página nos últimos vinte minutos.

E isso era muito frustrante.

A outra coisa que me irritava? Eu ainda não havia descoberto quem havia mandado Paul atrás dela. Era de se esperar que o fato de eu tê-lo matado fizesse com que alguém saísse e tentasse ir atrás de Raven novamente e, por extensão, de mim. Até onde sabíamos, ninguém havia feito isso. Isso tornou toda a situação ainda mais peculiar.

Eu havia perguntado a Tomas se ele poderia obter mais informações, já que tinha uma rede de contatos muito mais ampla devido à sua posição, mas ele não havia me respondido. Até que soubesse de mais alguma coisa, iríamos ficar aqui. O que significava que tinha que lidar com a merda que Raven estava jogando em mim. Por enquanto.

Tê-la de volta em minha vida me mostrou como ela era vazia sem ela. Na sua ausência, os momentos em que tinha grandes comemorações ou dias ruins me deixavam quase entorpecido porque ela não estava lá para participar, ou eu não tinha sido capaz de contar a ela o que tinha acontecido. De repente, me dei conta, quase como se o copo tivesse batido na parede no outro dia, quando ela o jogou em mim: Eu ainda a amava.

Mesmo com todas as merdas, ainda a amava.

Fui tirado de meus pensamentos quando vi um movimento pelo canto do olho e soube que essa era a minha chance. Ela colocou o livro didático na mesa de centro à sua frente, então empurrei meu assento gentilmente para trás para que estivesse pronto para me mover quando ela o fizesse.

Quando ela se levantou e saiu da sala, peguei um pequeno frasco da bolsa preta que estava no chão ao meu lado e a segui. Meus passos diminuíram a distância entre nós e eu a encurralei perto da parede do lado de fora do quarto.

— O que diabos você quer?

Meu lábio se contraiu.

— Ah, então ela sabe falar.

— Não tenho nenhum problema em falar. Só não queria falar com você. E é óbvio que você não consegue entender uma dica.

— Isso era óbvio e agora vou me certificar de que você o faça.

— Então, mais uma vez, quando você não consegue o que quer, precisa forçar alguém a fazer algo que não quer.

Seu comentário foi um pouco doloroso, mas ela não estava errada. Entreguei a ela o pequeno frasco em minha mão, e ela olhou para ele e depois para mim com os olhos arregalados.

— Você se lembrou de pegar o meu remédio?

— Claro que sim. Presumi que você estivesse tomando remédio para TDAH, então pedi ao Easton para pegar quando ele fosse à sua casa. Depois que vi você lendo a mesma página várias vezes e puxando o cabelo, lembrei-me de que tinha pedido para ele fazer isso.

Ela não disse nada enquanto pegava o vidro da minha mão e ficava olhando para ele. Isso só aumentou minha frustração.

— Para alguém que quase foi sequestrada e potencialmente morta, você com certeza está sendo ingrata pelo que fiz por você.

Ela me deu um olhar atravessado.

— Eu deveria ser grata? Você fez exatamente a mesma coisa! Poderia facilmente ter me levado de volta para minha casa no campus, mas, em vez disso, quer me manter aqui sabe-se lá por quanto tempo.

— Eu já lhe disse que não sabemos quem mandou Paul atrás de você. Portanto, é melhor mantermos a discrição até sabermos.

— Como posso saber se isso não é um esquema elaborado por você?

Meus olhos se estreitaram.

— Você acha que me daria a todo esse trabalho?

— Eu não sei. Diga-me você. Você parecia muito feliz em matá-lo.

— Não tive nada a ver com a tentativa de sequestrar você e estou tentando descobrir o que aconteceu desde que chegamos aqui.

— Por que você se importa, afinal? Você não dá a mínima para mim. Portanto, poderia facilmente me deixar ir embora. Estou disposta a fingir que isso nunca aconteceu. Já estou mais do que pronta para voltar à minha vida real, seja lá como ela for agora. — Eu podia sentir a tristeza em sua voz.

— Dê-me mais um ou dois dias para ver se encontro alguma coisa e, se não encontrar, a levarei de volta a Brentson.

Eu podia ver a desconfiança em seus olhos, e não a culpava. Se eu fosse ela, também não confiaria em mim.

— Estou lhe dando o benefício da dúvida. Voltamos para Brentson depois que eu tiver me "recuperado milagrosamente" e podemos dizer a todos que terminamos novamente para que ninguém se pergunte por que não seremos vistos um com o outro no futuro.

— Isso faz todo o sentido. Você tem um acordo, Goodwin.

Estendi minha mão para que ela a apertasse, como se fosse um acordo entre nós dois. O que ela não sabia é que eu tinha uma carta na manga. A carta com que iria convencê-la de que esse falso namoro não existia mais.

Não, esse era o verdadeiro negócio. Mais do que apenas sexo quente e apaixonado. Eu precisava que ela visse que os sonhos de que falávamos no ensino médio ainda poderiam ser nossa realidade. Com tudo o que havia em mim, estava determinado a lhe mostrar que ela era minha.

CAPÍTULO 14

RAVEN

Eu ainda estava pensando em Nash se certificando de que teria meu remédio para TDAH pelo tempo que estivéssemos presos aqui enquanto escovava meu cabelo na frente do espelho do banheiro, trançando meus fios molhados em uma única trança nas costas. Eu tinha acabado de sair do banho que decidi tomar por acaso. A esperança era acalmar os pensamentos que corriam em minha mente, mas não consegui.

O fato de ele ter sido atencioso com minha medicação não foi suficiente para me fazer esquecer o fato de que ele havia assassinado alguém e me sequestrado. Sem mencionar o fato de ele ter sido um completo idiota na noite anterior. Tentei me distrair dos sentimentos conflitantes que tinha, mas fiquei exausta e confusa.

Eu queria ter passado mais tempo com minha mãe todos os dias, mas especificamente em momentos como esse. Momentos em que sua sabedoria teria sido algo pela qual eu quase trocaria qualquer coisa. Ela saberia a coisa certa a dizer, mesmo que não soubesse a resposta ou qual seria o resultado.

Se ela ainda estivesse aqui, não estaria nessa situação difícil para começar. Eu teria feito escolhas mais sábias, teria ficado em Brentson e não teria sido forçada a voltar para cá a fim de descobrir a verdade sobre o que aconteceu com minha mãe.

Parte de mim se perguntava se tudo isso era um ardil. Que não havia um mistério subjacente à morte de minha mãe.

Não.

Eu não podia perder a esperança. Alguém passou por muitos obstáculos para me trazer de volta para cá e precisava manter a certeza de que minhas perguntas seriam respondidas.

Assim que terminasse de fazer a trança, faria uma segunda tentativa de fazer alguns dos meus deveres de casa no quarto. Eu não queria tomar meu remédio por medo de que ele me deixasse acordada o resto da noite, mas agora ter a opção de fazê-lo me fez sentir uma mistura de emoções. Bem, uma mistura maior de emoções porque já me sentia como se estivesse andando em uma corda bamba, e quem sabia onde eu iria parar se caísse.

Nash ainda estava na sala de estar, fazendo sabe-se lá o quê, mas precisava de um tempo dele. Como a única maneira de fazer as coisas era não estar no mesmo cômodo que ele, isso era o melhor que eu poderia fazer.

Achei que um pouco de espaço separado me permitiria ver as coisas com mais clareza, mas ainda estava com a cabeça confusa. Gostaria de poder estalar os dedos e ter a resposta para tudo o que estava acontecendo em minha vida, mas nunca seria tão simples assim.

Saí do banheiro e fui para o meu lado da cama. Quando estava prestes a pegar meu laptop e me acomodar, vi que algo havia caído atrás da cama. Precisei fazer algumas manobras para pegá-lo.

Quando o tirei de seu lugar de descanso, deparei-me com muita poeira. Tentei manter a boca fechada enquanto lutava para controlar o espirro. Não pude deixar de me perguntar há quanto tempo ele estava ali.

Depois de limpar um pouco da poeira, li a capa do livro e estranhei. Era um diário pequeno e fino que tinha Chevaliers escrito na parte superior. Olhei para a porta, sabendo que, a qualquer momento, Nash poderia entrar e me ver com o diário. No fundo, sabia que essa era uma oportunidade que não poderia desperdiçar. Quem sabe o que havia entre essas páginas e mal podia esperar para descobrir.

Olhei novamente para a porta do quarto para ver se ela tinha algum tipo de fechadura. Seria estranho trancar a porta, mas isso o impediria por tempo suficiente para que pudesse esconder o livro. Como não vi nada, levantei-me e fui até lá só para ter certeza, mas não havia como trancar a porta.

Ah, droga. Nash realmente poderia entrar a qualquer momento e não teria muito tempo para me preparar para esconder o livro. Eu estava determinada a ler o livro, portanto, era um risco que estava disposta a correr. Voltei para a cama e me virei de lado, com as costas voltadas para a porta, de modo que, se eu ouvisse a maçaneta girar, pelo menos conseguiria impedir que ele visse o que estava fazendo, enquanto esperava ter a oportunidade de colocar o livro debaixo do travesseiro. Abri o livro na primeira página e comecei a ler. Quase que imediatamente me perdi explorando um pouco da história dos Chevaliers.

O livro fazia questão de observar que não se tratava de uma história completa dos Chevaliers. Ele mencionava que a organização havia sido fundada por três homens dos quais nunca tinha ouvido falar. Eles queriam promover a fraternidade entre seus membros e lançaram as bases para formar esses laços dentro da organização. No entanto, não explicava o fato de ninguém ter olhado para Nash assassinando um homem em sua casa. Não que esperasse que isso acontecesse.

Eu estava fascinada com as palavras que estava lendo. O fato de que isso não estava na biblioteca de Brentson era uma pena, mas talvez fosse por um bom motivo. Por outro lado, pelo menos alguns dos membros da organização não tinham problemas em cometer crimes como chantagem e assassinato. O livro não mencionava isso, mas como Nash se sentia à vontade para matar alguém, comecei a me perguntar se o assassinato era um requisito para entrar.

Logo descobri que não estava errada. Depois de ler mais do livro, o autor falou sobre o derramamento de sangue resultante das batalhas que os Chevaliers travaram para proteger seus interesses. Parecia que a maioria de seus interesses girava em torno de mais maneiras de ganhar dinheiro, seja por meios legais ou ilegais.

Fechei os olhos e me encolhi depois de ler uma cena particularmente horrível, que envolvia torturar alguém cortando seus globos oculares por ser um espião e contar segredos comerciais a um oponente dos Chevaliers. Por que alguém escreveria isso em um livro? Eles estavam basicamente admitindo crimes e claramente não se importavam com isso. Se isso acabasse em mãos erradas, algumas pessoas poderiam ser presas pelos crimes que cometeram.

Mas percebi que os Chevaliers não precisavam se preocupar com coisas como prisões e condenações. As pessoas mencionadas nesse livro se moviam em círculos que estavam essencialmente acima da lei e não se importavam com quem sabia o que elas tinham feito. Elas não precisavam pensar nas consequências. Pessoas como essas simplesmente sabiam que não haveria consequências para elas. Essa era talvez a parte mais assustadora, porque isso significava que não tinham nada a perder.

A tortura me fez lembrar do que Nash havia feito com meu suposto sequestrador, e pensei em como aquela noite poderia ter sido sombria se Nash não tivesse decidido acabar com tudo quando o fez. As pessoas dessa organização não tinham nenhum problema em fazer o que lhes parecia adequado. Na verdade, isso me fez temer por quem mais poderia estar envolvido na trama para me sequestrar.

O livro compartilhava informações sobre membros proeminentes da sociedade, incluindo a família Cross, que conhecia vagamente por causa da riqueza deles e de seus vínculos com a Universidade de Brentson. Não era de surpreender que eles fizessem parte dos Chevaliers, já que pareciam ter uma tonelada de dinheiro e frequentavam os mesmos círculos que os Henson.

Eu ainda não entendia por que esse livro havia sido deixado aqui, onde qualquer um poderia encontrá-lo? Mesmo que os Chevaliers não tivessem medo de pagar por seus crimes, manter um registro como esse e deixá-lo por aí parecia imprudente. Por outro lado, presumi que o avô de Nash não esperava que alguém de fora da família estivesse hospedado nessa cabana.

Quando virei a página novamente, encontrei uma foto antiga de Nash, Bianca e quem supunha ser o avô deles. Eles estavam sentados no que parecia ser a varanda da frente da cabana e tinham os braços em volta um do outro com um enorme sorriso no rosto. Eu sabia que isso era de antes do nosso namoro, porque o avô dele já havia falecido quando começamos a namorar e Nash parecia ter acabado de entrar na adolescência.

Se o avô dele se importava com os Chevaliers tanto quanto suspeitava, apenas com base no pouco que sabia sobre o envolvimento de Nash, ele provavelmente os tinha em alta conta e o suficiente para colocar uma foto preciosa dos netos em um livro para protegê-la. Coloquei a foto de volta no lugar onde estava e virei a página.

O que estava nesse livro parecia ser apenas a ponta do iceberg dessa organização e as palavras que estavam nas páginas me mantiveram tão envolvida que não queria parar. Quando fui virar a página, ouvi uma batida forte do lado de fora da porta do meu quarto. Dei um pulo e enfiei o livro debaixo do travesseiro. Era isso que temia que acontecesse.

Antes que pudesse regular meus batimentos cardíacos após o susto, a porta se abriu e Nash entrou. Fiquei confusa sobre o motivo de ele ter entrado aqui, já que normalmente me deixava sozinha no quarto até que ele decidisse ir para a cama. Dessa vez, porém, ele entrou no quarto com algo nas mãos. No momento em que vi o que era, minha boca se abriu e eu pulei da cama, esquecendo tudo o que estava fazendo apenas um momento antes.

— De onde você tirou isso? — perguntei enquanto caminhava até ele. Eu estava nervosa em perguntar, considerando o que tinha acabado de ler e como ele geralmente se fechava quando lhe fazia uma pergunta.

— Entrega, não consegui casquinhas para nós porque precisava ser fácil de transportar. Nem me fale de como foi difícil conseguir alguém para entregá-lo na cabana principal e depois pedir a um dos funcionários que o trouxesse até aqui. — Ele me entregou um copo de sorvete da Smith's Ice Cream Parlor, e notei que era o meu sabor favorito, bolo de aniversário.

Dizer que fiquei surpresa é um eufemismo. Desde a nossa conversa sobre como ele não confiava em mim, estávamos pisando em ovos um com o outro, e eu o ignorava. Essa foi a primeira vez, desde que voltei, que me senti completamente à vontade com ele.

— Obrigada. Isso é muito atencioso de sua parte. — Eu poderia, pelo menos, tentar ser gentil.

— É o mínimo que eu poderia fazer — ele disse.

— O que você quer dizer com isso? O mínimo que você poderia fazer? — perguntei.

— Olha, por que não vamos pegar algumas colheres e depois comemos isso na sala de estar? Depois posso lhe dizer o que quero dizer.

Quem era esse homem que estava diante de mim? O cara durão que estava conhecendo parecia, de certa forma, estar voltando a ser o namorado que tinha antes.

— Claro. Saio em um segundo.

Essa mudança de comportamento de Nash foi suficiente para me deixar desconfiada, mas não estava a fim de recusar uma oportunidade de tomar sorvete da Smith's Ice Cream Parlor. Hesitei por um segundo antes de sair do quarto e me juntar a Nash no sofá, quando ele colocou duas colheres na mesa de centro à nossa frente. Peguei uma colher antes que Nash pudesse me dar. Em seguida, tirei a tampa do copo de sorvete e imediatamente o comi. O gemido que saiu de meus lábios foi involuntário.

— Eu adoro esse som — murmurou Nash em voz baixa. Eu não sabia o que dizer em resposta, então continuei comendo em silêncio a deliciosa guloseima em minha mão.

— Nós tivemos tantos encontros no Smith's.

As palavras de Nash forçaram minha cabeça a se virar para ele. A conversa tinha começado amigável e me pegou desprevenida. Foi bom ter uma espécie de trégua, mas não pude deixar de me perguntar o que ele realmente estava tramando.

Acenei com a cabeça e disse:

— Sim, nós tivemos. Isso foi quando a vida era mais simples. Muito mais simples do que é agora. E não tínhamos ideia de como era fácil para nós.

Isso foi antes de minha vida virar de cabeça para baixo e eu ter que fugir. Antes de ter que me despedir do único lugar que chamava de lar e do único homem que me amava.

— Há outra coisa que quero lhe dar.

Ele tirou meu celular do bolso.

— Se você prometer não ligar para ninguém até recebermos a

autorização e ficar sentada comigo até terminarmos de tomar o sorvete, eu lhe darei o celular.

— Nash, eu não sou uma criança e…

— Eu sei que você não é. Apenas me prometa isso.

— Tudo bem.

Ele o entregou pra mim sem dizer mais nada. Depois de examinar meus e-mails e mensagens de texto, notei que tinha um monte de pessoas com quem precisava falar.

Coloquei o celular no colo e continuei a comer meu sorvete, imaginando qual seria a próxima pegadinha. Eu ainda desconfiava da mudança de comportamento dele.

— É tão bom quanto você se lembra?

— Sim. Embora eu soubesse que sentia falta, não tinha percebido o quanto até agora.

— Muitas coisas mudaram depois que você foi embora.

Eu me virei para olhá-lo e o encontrei olhando de volta para mim.

— Eu sei, Nash. Eu sei.

CAPÍTULO 15

RAVEN

— Você parece muito bem.

— Obrigada? — disse enquanto colocava o celular no balcão do banheiro. Depois de enviar mensagens de texto para Izzy na noite passada para confirmar que estava bem, decidi ligar para ela na noite seguinte para conversar enquanto tirava meu cabelo da trança.

— Quero dizer, para alguém que esteve doente.

— Acho que isso é verdade. Estou me sentindo praticamente de volta ao normal. — Eu quase fiz besteira. Queria contar a verdade a ela, mas não sabia em que tipo de perigo a colocaria se contasse o que realmente tinha acontecido comigo. Por outro lado, Nash não tinha problemas em contar a Bianca e Easton o que havia acontecido, então o que estava me impedindo? Isso era algo que se contava a alguém por celular?

— E fico feliz que você tenha contado com a ajuda de Nash. Como foi isso? Eu esperava que ele fosse a última pessoa a querer ajudar você.

Por favor, diga-me algo que eu não saiba.

— Sim, mas não posso me queixar. Ele sabia que eu não estava bem quando me encontrou e, quando fiquei estável, ele me ajudou.

— Você brincou de encontrar o estetoscópio?

Eu parei e olhei para o meu celular.

— Desculpe-me? Você acabou de se referir a sexo dessa forma?

— Talvez.

— Precisamos conversar sobre seus eufemismos.

— Independente disso, não tente mudar de assunto!

— Por que estaria fazendo sexo quando estou doente? Isso está exigindo muita energia. E você não estava pronta para bater no Nash quando estávamos na festa da fraternidade?

— Isso foi antes de ele decidir largar tudo para cuidar de você. Ele claramente ainda se importa com você. E você claramente está se sentindo melhor agora e é solteira, ele é solteiro, e não é como se vocês nunca tivessem transado antes, então…

Passei a mão no rosto, arrependendo-me imensamente de ter contado à Izzy que tinha perdido a virgindade com Nash e que ele tinha vindo me dar um "adeus adequado" sem saber que era isso que estava fazendo. Embora ela não soubesse o verdadeiro motivo de eu estar aqui, seu sentimento ainda era verdadeiro. Ele tinha feito de tudo para estar aqui comigo, inclusive assassinar alguém. Deixando de lado o fato de que ele parecia realmente gostar disso, ele não precisava matar meu possível sequestrador em meu nome.

Limpei minha garganta e disse:

— Não é isso que está acontecendo aqui.

— Bem, talvez devesse. Não custa nada transar de vez em quando.

Revirei os olhos.

— Vou desligar, Izzy. Vejo você em breve.

— Fique o tempo que quiser, se isso significa que você…

Desliguei o celular, cortando-a no meio da frase.

Passei os dedos pelo cabelo, adorando as ondas que haviam sido criadas como resultado da remoção da trança. Depois de uma última olhada no espelho, peguei meu celular e apaguei as luzes.

Com a conversa que tive com Izzy na mente, passei pelo quarto e fui para a sala de estar e encontrei Nash em seu lugar habitual na cabana: sentado no sofá. Dessa vez, porém, ele estava em seu laptop.

— Quer assistir a um filme na TV? — A pergunta saiu de meus lábios antes que pudesse impedi-la.

Parece que minha pergunta também chocou Nash, pois ele levantou lentamente a cabeça e se virou para me olhar. Ele me deu uma olhada e senti minhas bochechas esquentarem. Seu olhar permaneceu na pele que estava exposta pelo traje que escolhi para esta noite: uma camiseta regata e uma cueca masculina.

— Por quê?

— Porque é isso que as pessoas fazem.

— Sim, mas…

— Você está tentando nos dar uma trégua, e estava apenas me oferecendo para assistir televisão. Nada mais, nada menos.

— Qual é a pegadinha?

— Eu posso escolher o que vamos assistir?

Isso fez Nash rir e considerei uma pequena vitória.

Percebi que ele ainda estava desconfiado. Ele só começou a relaxar quando me sentei e curvei meu corpo em sua direção. Peguei o controle remoto antes de escolher uma comédia romântica. Vi Nash balançar a cabeça pelo canto do olho, mas ele não fez nada além de colocar o braço em volta da minha cintura e me puxar para perto dele. Eu sempre gostei da sensação de estar em seus braços. Algo tão simples como assistirmos a um filme era uma das melhores lembranças que eu tinha de quando estávamos namorando pela primeira vez.

Seu dedo se arrastou ao longo da linha da minha cintura, deixando um rastro de arrepios. Eu me arrepiava com seu toque e me perguntava como ele tinha me feito desejá-lo novamente apenas com um simples toque de seu dedo.

Seus pensamentos devem ter seguido o mesmo caminho que os meus, porque seu dedo mergulhou abaixo do meu cós e começou a brincar com a pele logo abaixo. Depois de cerca de um minuto de provocação, já estava farta.

Olhei para ele e coloquei meus dedos em sua mandíbula. Virei sua cabeça de modo que ele ficasse de frente para mim e o beijei apaixonadamente.

Quando nos separamos, ele sorriu contra meus lábios.

— Eu pensei que você tinha dito que só iríamos assistir televisão?

— Eu disse, mas parece que sua mão tinha outros planos.

— Acho que ela tem vontade própria. Deite-se.

A maneira como ele disse isso me lembrou de nosso encontro no balcão da cozinha de seu apartamento. Eu podia sentir o calor subindo em minhas bochechas enquanto debatia sobre fazer o que ele disse. Uma ideia me veio à mente e percebi que tinha outro truque na manga.

Em vez de me recostar no sofá, mudei meu corpo para poder passar a perna sobre seu colo e abaixar meu corpo sobre o dele. Seus olhos ficaram mais escuros, e não sabia se era por ter desobedecido à sua ordem ou por tê-lo excitado ainda mais.

Ele colocou uma mecha do meu cabelo atrás da orelha antes de se inclinar para frente e me beijar. Minhas mãos pousaram em seu peito e seus dedos fixaram minha cabeça no lugar enquanto ele devorava meus lábios. As mãos de Nash passaram do meu rosto para as alças da minha camiseta regata. Ele deslizou as alças pelos meus braços e libertou meus seios da camiseta. Suas mãos brincaram com meus seios, apertando-os levemente antes de passarem a massageá-los. Ele os apertou levemente antes de colocar um de meus mamilos na boca.

Minha cabeça voou para trás e gemi, apreciando as sensações que sua língua estava causando em meu corpo. Ele mordiscou meus seios e os lambeu para aliviar a área. Sua atenção se alternou entre eles por alguns instantes antes de me inclinar para trás, mover as mãos para segurar meus seios e apertá-los. Ele gemeu ao ver isso.

Nash aceitou o desafio de lamber meus dois mamilos ao mesmo tempo em que rebolava em seu colo. Eu podia senti-lo ficando mais duro e queria seu pau dentro de mim o mais rápido possível.

Como se tivesse ouvido meus pensamentos, Nash colocou a mão no bolso e pegou um preservativo.

— Você estava preparado.

— Sempre que estou perto de você, tenho que estar.

Sorri e me inclinei para beijá-lo novamente.

Movi meu corpo para que ele pudesse abaixar a calça de moletom preta e desenrolar o preservativo em seu eixo. Quando ele terminou a tarefa, voltei para cima dele e ajudei a guiar seu pau para dentro de mim.

Coloquei minha mão no braço do sofá e comecei a montá-lo. Seu olhar se deslocou do meu rosto para os meus seios.

— Ver seus seios balançando enquanto você cavalga meu pau é… — Sua voz se arrastou quando um gemido saiu de seus lábios. Poder vê-lo em tal estado me fez sentir ainda mais poderosa. Eu estava fazendo com que ele se comportasse dessa maneira e amava isso.

Amor.

Isso me atingiu como uma tonelada de tijolos. Os sentimentos que tinha por ele e que pensei ter enterrado meses depois de deixar Brentson voltaram com força total. Eu poderia atribuir isso ao sexo maravilhoso que estávamos tendo, mas sabia que era mentira. Eu estava apaixonada por ele novamente. Talvez sempre tenha estado.

Eu não esperava que isso acontecesse, mas não era isso que o amor significava? Não estava preparada para dizer isso em voz alta, mas estava apaixonada por Nash Henson. Que se dane.

Ele não me deu nenhuma indicação de que sentia o mesmo. Eu nem mesmo tinha certeza se ele acreditava em mim quando se tratava da mentira que seu pai lhe contou. Deixei esses pensamentos de lado quando ele começou a responder às minhas investidas com algumas das suas. Era como se ele tivesse notado que havia me perdido em meus pensamentos, e essa era sua tentativa de me trazer de volta a ele sem realmente dizer isso.

— Porra, baby — ele disse.

Nash estendeu a mão para beliscar meus mamilos, e gritei. Estar no controle do nosso prazer era uma experiência nova e queria fazer isso de novo e de novo e de novo.

Abaixei a mão para tocar meu clitóris e ele gemeu. Suas mãos foram parar no meu cabelo e ele o puxou para trás, expondo meu pescoço e dando uma nova dimensão à nossa transa. Nós dois gozamos juntos, e encostei minha testa na dele para recuperar o fôlego.

Tive de usar o braço do sofá para me ajudar a me firmar até ter certeza de que conseguiria andar. Depois que arrumei minhas roupas, e ele fez o mesmo, ele também se levantou e me puxou contra seu corpo antes de depositar um beijo ardente em meus lábios.

Juntos, fomos para o quarto para começar a segunda rodada. Mas havia algo que estava no fundo do meu estômago e me fazia sentir uma merda.

Eu sabia que precisava confessar, especialmente agora que parecia que Nash gostava de mim novamente, mas não sabia quando seria o momento certo. Em vez disso, ajeitei meu corpo, permitindo-me cair mais profundamente em seus braços antes de dormir.

CAPÍTULO 16

RAVEN

O chuveiro parecia o paraíso. Ficar no meio da floresta em uma cabana não era minha ideia de férias, nem me esconder de alguém que queria me fazer mal, mas esse chuveiro tornava tudo muito melhor. Ou talvez fosse porque parecia que as coisas estavam melhorando com Nash.

Ele não estava na cama quando acordei esta manhã e optei por tomar um banho primeiro em vez de ir ver onde ele estava. Eu ainda me sentia dolorida em todos os lugares certos e sabia que uma ducha ajudaria a aliviar meus músculos cansados e doloridos. O tempo que passei debaixo do chuveiro me deu a oportunidade de pensar e dissecar todos os problemas que eu tinha na vida, mas não consegui encontrar nenhuma resposta que me ajudasse a resolvê-los. Embora tenha sido frustrante, senti-me mais relaxada quando desliguei a água e peguei minha toalha.

Depois de me recompor, saí do banheiro e fui para o quarto, onde peguei meu celular. Em seguida, continuei até a sala de estar, onde presumi que Nash estivesse. A primeira coisa que senti quando entrei pela porta foi o cheiro de algo delicioso. Encontrei Nash caminhando até a mesa da sala de jantar com pratos nas mãos.

Ele deu uma olhada para cima.

— Que bom, você chegou bem na hora.

— Você mandou entregar o café da manhã? É muita comida, especialmente para duas pessoas.

— Não. Bem, noventa por cento das coisas que estão na mesa eu mesmo cozinhei.

— Você sabe cozinhar? — A pergunta saiu de minha boca antes que meu filtro interno pudesse impedi-la.

— Aprendi com nosso chef quando estávamos crescendo.

Dizer que fiquei impressionada é dizer o mínimo. Eu não sabia que ele tinha aprendido a cozinhar no ensino médio, porque o assunto nunca veio à tona. Fiz algumas aulas de culinária aqui e ali para melhorar minhas habilidades enquanto estava fora, mas não era uma chef profissional de forma alguma. Minha mãe havia instalado em mim o amor pela comida e pela culinária quando eu era mais jovem, o que foi útil quando ela teve que começar a trabalhar em dois empregos para conseguir pagar as contas. Às vezes ela chegava, exausta do trabalho, quando eu estava colocando comida na mesa e me agradecia profusamente antes de enfiar a comida na boca. Dividir o jantar com minha mãe era especial, já que não a via com frequência.

Foi então que percebi que não tinha cozinhado muito desde que voltei e que isso precisava mudar... eventualmente. Talvez essa fosse a primeira coisa que faria quando deixássemos a cabana.

Sentei-me à mesa e examinei a comida que estava diante de mim. Nash havia se certificado de que nenhum de nós precisaria de mais comida por um tempo. Ovos, bacon, panquecas, torradas francesas e frutas ocupavam uma grande parte da mesa. Nash colocou um prato vazio na frente do lugar onde normalmente me sentava. O fato de eu ter um lugar habitual nessa mesa da sala de jantar fez com que meus olhos quase saltassem da cabeça. Esse era o local para onde meu ex me levou depois de me sequestrar, e aqui estava eu, tratando-o como se fosse um lar longe de casa.

Eu me servi enquanto Nash perguntava:

— O que você gostaria de beber?

Congelei por um instante antes de voltar ao que estava fazendo.

— Suco de laranja. Obrigada.

— Sem problemas.

Esperei até que ele voltasse para dizer algo mais.

— Tudo está cheirando muito bem, Nash.

— E o sabor será ainda melhor.

— Isso não é arrogância demais?

— Não é arrogante se você tem certeza do que diz.

O olhar em seus olhos me disse que ele estava falando de mais do que apenas cozinhar.

— Isso é cafona. Até para você.

Nash riu e tomei um gole do meu suco de laranja para esconder o sorriso. Definitivamente, tínhamos voltado a um ritmo semelhante ao que tínhamos no ensino médio, e não tinha certeza de como me sentia com relação a isso.

— Quando tudo isso acabar, vou levá-la para um encontro de verdade.

— Então isso é um encontro?

Ele me deu um olhar significativo, mas não confirmou nem negou. Não precisava. Eu podia ver facilmente, pela expressão em seu rosto, que era o que ele considerava esse momento. Engoli o comentário mesquinho que tinha na ponta da língua sobre como a maioria dos homens não precisava sequestrar mulheres para levá-las a encontros. Nossa situação era mais sutil do que isso, mas não achava que estava muito longe de minha avaliação.

Limpei meus lábios para remover qualquer migalha.

— Quer dizer que os encontros na sorveteria Smith's não contam?

Nash deu uma risadinha.

— Claro que sim, mas isso foi há muitos anos. Estou pronto para criar novas lembranças com você.

Ele realmente queria sair comigo? Isso confirmou o que eu suspeitava sobre o ritmo que havíamos reencontrado. Desde que voltei, aceitei o fato de que a dinâmica do nosso relacionamento consistia em nada mais do que o status de "amigo de foda devido à chantagem". Todo o nosso tempo juntos consistia em ele exigir que eu fizesse o que ele quisesse, estivesse onde ele quisesse. Além de me levar à festa dos pais dele só para irritar o pai, mantivemos esses momentos juntos bem escondidos, por motivos óbvios. Agora, ele queria me levar para sair como se fôssemos um casal de verdade novamente? Essa mudança de direção de 180 graus era algo para o qual não sabia se estava pronta.

Mas pelo menos havia uma boa comida para eu saborear enquanto pensava em todos os aspectos desse café da manhã.

— Alguma notícia sobre quem está tentando me sequestrar?

— Vou ligar hoje para ver se há alguma novidade, mas ninguém entrou em contato comigo, infelizmente.

Observei enquanto Nash apertava e soltava a toalha da mesa. Era fácil ver a frustração em seu rosto. Era um reflexo do que eu também estava sentindo, mas ainda não havia muito que nenhum de nós pudesse fazer.

— Espero que tenhamos uma atualização em breve. Mal posso esperar para voltar ao campus.

— Ansiosa para ficar longe de mim?

A mudança de humor na sala quase me fez sentir como se tivesse sofrido uma chicotada. Eu também não estava disposta a deixá-lo escapar.

— Eu não vim para cá por vontade própria, Nash. Você sabe disso. Portanto, não fique com raiva de mim quando eu não pedi nada disso.

Ele assentiu e comeu um pedaço de sua torrada francesa sem dizer mais nada.

Parecia que ele também havia sido vítima da atmosfera que criamos aqui. Seria difícil superar o abalo que surgiu como resultado dessa situação. Embora tenha sido fácil cair em velhos hábitos, mesmo depois de todo esse tempo, foi fácil ser vítima deles. Haveria muito a ser feito para que pudéssemos superar isso. Isto é, se quiséssemos superar isso.

CAPÍTULO 17

NASH

— Tem que haver um motivo para o Paul ter ido atrás dela, Presidente.

Coloquei meu celular no ouvido enquanto olhava pela porta em direção ao quarto. A única coisa que eu podia ver eram os pés de Raven batendo ao som da música que sabia que estava chegando pelos meus fones de ouvido. Ela havia me pedido eles há cerca de dez minutos e, obviamente, estavam fazendo seu trabalho de garantir que ela pudesse se perder na música. Eles também estavam garantindo que ela não pudesse ouvir a conversa que estava tendo com Tomas.

— Eu sei, e embora não saibamos quem o enviou, até onde sei, ninguém mais tentou terminar o trabalho. A propósito, essa informação está vindo de uma liderança mais alta do que eu nos Chevaliers.

Essa era uma boa notícia. Precisávamos voltar para Brentson de qualquer forma, porque essa foi a promessa que fiz a Raven e, embora não estivesse cem por cento confiante de que ela estava absolutamente segura, o fato de que outra pessoa não estava à espreita tentando continuar de onde Paul parou era um bom sinal.

— Estou surpreso que você tenha conseguido obter informações de Chevaliers que não estão em nosso campus.

— Eles tendem a aceitar casos que consideram... especiais, às vezes.

— O que você quer dizer com isso?

— Não posso entrar em mais detalhes sobre isso. Apenas saiba que, a partir de agora e pelo que sabemos, não há outra ameaça para Raven.

Suas palavras deveriam ter sido tranquilizadoras, mas o quanto não sabíamos me deixou inseguro.

— Certo. Obrigado por perguntar sobre isso para mim.

— De nada. Vejo você no campus em breve.

Desliguei e voltei minha atenção para preparar o jantar para mim e para Raven. De repente, meu celular vibrou no balcão da cozinha. Quando vi quem estava ligando, passei os dedos pelo cabelo antes de puxá-lo com força.

Era meu pai.

Eu o vinha ignorando desde que comecei a fazer merda na festa deles e planejava ignorá-lo agora.

As coisas estavam tranquilas na cabana desde que Raven e eu conversamos ontem, e queria que continuasse assim.

Enviei a ligação para o correio de voz e, pouco antes de tirar a comida do forno, meu celular vibrou novamente.

Sussurei um palavrão. Ele não ia desistir dessa vez, não é?

— Alô.

— Filho?

Revirei os olhos.

— O que você quer, pai? Para que eu possa largar o celular.

— Quero que você abra a maldita porta da cabana.

Fiquei paralisado, não por medo, mas por surpresa. Eu sabia que seria apenas uma questão de tempo até que ele soubesse que eu estava aqui. O que não esperava era que ele aparecesse. Talvez tivesse alguns segundos para avisar Raven sobre o que aconteceria.

Entrei no quarto, onde sabia que a encontraria. Ela se virou para mim com um sorriso caloroso e retirou os fones de ouvido. Eu temia ter que tirar o sorriso de seu rosto.

— Ei, o que está acontecendo? O jantar está pronto?

— Está quase, mas temos um convidado surpresa que deve chegar em breve. Meu pai.

Observei quando seu sorriso caiu e seu rosto assumiu uma aparência mais neutra.

— Por quê?

— Quem sabe? Mas dependendo de quando ele descobriu que eu estava aqui, estou surpreso por ele ter ficado longe por tanto tempo.

— Vou ficar aqui até ele ir embora.

— Espere, por quê?

Os olhos dela se desviaram ligeiramente e ela disse:

— Não quero me meter entre você e seu pai, e você viu como ele reagiu quando viu que você me levou para a festa. Prefiro que vocês dois resolvam isso sozinhos.

Eu não ia tentar forçá-la a ter que lidar com meu pai. Se pudesse fazer isso e protegê-la ao mesmo tempo, que assim fosse.

— Tudo bem, se é isso que você quer fazer, então está bom para mim.

— Obrigada — ela disse.

Com isso, saí do quarto, fechando a porta atrás de mim. Prometi a mim mesmo que, se meu pai tentasse entrar lá, seria um inferno.

Quando verifiquei que nenhuma das coisas dela estava na sala de estar ou na sala de jantar, bateram na porta. Fiquei surpreso por ele ter me dado tanto tempo para fazer o que precisava fazer quando ele parecia insistir muito para que eu abrisse a porta assim que ele dissesse para fazer isso.

Estalei os nós dos dedos em preparação para o que suspeitava que estava prestes a acontecer. Eu sabia como meu pai ficava quando estava com raiva, então isso poderia se transformar em uma briga com gritos. Eu não ficaria surpreso, porque o político frio, calmo e controlado que o público via poderia se transformar em um babaca malvado a portas fechadas. Abri a porta da frente da cabana e meu pai tentou entrar com força, sem nem mesmo me dar a chance de cumprimentá-lo. Levantei a mão e ele olhou para mim e disse:

— Não, não!

Levantei a mão e ele olhou para ela antes de voltar a olhar para mim.

— Olá, pai — disse sarcasticamente.

— Não me venha com essa porra de "olá, pai". — Ele olhou ao redor da sala antes de voltar seus olhos para mim. — Achei que você teria companhia aqui em cima. Também achei que era por isso que você estava evitando falar comigo.

Saí do caminho e o deixei entrar na cabana antes de responder:

— E por companhia, presumo que esteja falando de Raven.

— Você simplesmente não conseguiu ficar longe, não é? Mesmo depois de tudo o que ela fez, você não conseguiu ficar longe, porra. — Era óbvio que sua raiva aumentava a cada segundo que ele permanecia na cabana.

Eu não admitiria isso em voz alta, mas estava me emocionando ao fazê-lo reagir dessa forma.

— Essa é a razão pela qual você veio aqui?

— Em parte. Vim para cá porque não conseguia acreditar que o filho que criei estaria disposto a jogar fora tudo o que construímos em um piscar de olhos para começar alguma merda em uma festa e depois desaparecer. Você deixou todas as suas responsabilidades na faculdade, no futebol e nos Chevaliers para trás para vir até aqui e se esconder por qualquer motivo. Eu não criei um covarde, porra.

Eu me perguntava se ele tinha ouvido todas as desculpas diferentes que tinha dado em meu nome e de Raven em minhas tentativas de explicar nossas ausências, mas parecia que não. Não que eu tenha ficado surpreso, meu pai só se importava com o que eu fazia por causa do reflexo que isso tinha sobre ele. Faltar à faculdade por alguns dias teria passado despercebido e eu estava livre dos Chevaliers. Assim, somente o futebol poderia ter chamado a atenção. A única razão pela qual ele se importou com o futebol foi porque minha habilidade no esporte trouxe mais reconhecimento à nossa família e fez com que ele parecesse mais compreensível.

— Eu não estava me sentindo bem e decidi tirar um tempo para me recuperar aqui. Nada mais, nada menos.

— E você tirou essa folga depois de ter assassinado alguém na Mansão Chevalier.

Nenhum de nós estremeceu com a declaração. Eu não estava realmente surpreso por ele ter ouvido falar sobre isso também, mas estava mais intrigado por ele não ter mencionado porque eu o matei. Talvez ele não soubesse de todos os detalhes.

— Sim, esse foi um dos motivos pelos quais precisei de um tempo. Eu me irritei com alguém que não deveria, e precisava de um tempo para pensar nas coisas.

A mentira saiu muito mais fácil do que imaginava. Eu não estava nem aí para o Paul. Depois que ele tentou machucar Raven, ele teve sorte de eu não o ter torturado mais antes de cortar sua garganta. Teria sido bom disparar alguns tiros em seu corpo, não o suficiente para matar, mas mais do que o suficiente para fazê-lo gritar de agonia por um tempo. Usar o facão para cortar alguns de seus dedos por achar que poderia tocá-la com eles também teria sido muito bom. Matá-lo quase me fez sentir como se eu o tivesse deixado escapar facilmente.

— Talvez essa tenha sido uma decisão sábia de sua parte, especialmente depois que você decidiu atrapalhar o que deveria ser uma apresentação suave da minha candidatura a governador com sua ex-namorada. Você tem noção da distração que isso poderia ter causado se eu não tivesse me controlado? Ela literalmente tentou arruinar nossa família e você a trouxe de volta para minha casa.

Cruzei os braços.

— Pai, não foi assim.

— Ah, sério, e você estava lá quando ela se aproximou de mim?

— Não, eu não estava. Tudo o que sei sobre esse incidente veio de você. Raven não teve tempo de contar a versão dela da história.

— E daí? Você vai acreditar nela e não no seu pai?

Sua atitude defensiva foi o que desencadeou algo em minha mente. Se o que ele disse fosse verdade, sua raiva poderia ser justificada, mas a iluminação a gás era completamente diferente. Ele estava ficando irritado porque eu estava questionando sua história. Isso fez com que o questionasse mais do que nunca, mas não deixei que ele soubesse que minha confiança estava diminuindo. Decidi que chamaria sua atenção para um aspecto diferente dessa história.

— Você quer saber o verdadeiro motivo pelo qual levei Raven para a festa?

— Sim, gostaria que você se explicasse, Nash. — A severidade em sua voz teria me assustado quando eu era criança, mas agora não dava a mínima.

— Convidei Raven para a festa porque sabia que isso chamaria sua atenção.

Ele deu um passo em minha direção.

— Você queria minha atenção e conseguiu. Se você tentar fazer algo assim novamente…

— Esse é o problema dessa situação e de noventa e cinco por cento das outras questões dessa família. Tudo gira em torno do que você quer fazer. Suas necessidades, seus desejos e que se dane o resto das pessoas. Você nunca nos perguntou o que achávamos da sua candidatura a governador. Isso não afeta apenas você diretamente. Afeta a mamãe, afeta a Bianca e afeta a mim. Não sei se você conversou com a mamãe ou com a Bianca, mas com certeza nunca se sentou comigo individualmente ou com a família como um todo para falar conosco sobre isso e se certificar de que todos nós estávamos de acordo.

Fiz uma pausa para fitá-lo e ver se ele tinha algo a dizer em sua defesa. Quando ele não disse nada, continuei:

— Você quer saber por quê? Porque você não deu a mínima. Então lhe mostrei como é quando também não me importo.

Percebi que sua raiva estava no limite, pronta para transbordar, mas isso não significava nada para mim. Não pude deixar de sorrir.

— Você conseguiu se controlar e não fazer papel de bobo na festa e ninguém ficou sabendo. Parabéns, pai. Essa conversa acabou. Se me der licença, preciso voltar a me preparar para voltar a Brentson.

Eu me aproximei e abri a porta da frente.

— Foi muito bom conversar com você. — O sarcasmo escorria de cada palavra. Esperei que meu pai desse uma resposta, mas fiquei surpreso quando ele não o fez.

Em vez disso, ele passou pela porta da frente e, quando estava prestes a sair, olhou por cima do ombro e disse:

— Nash, sei que algo mais está acontecendo aqui. Espero que você escute meu aviso e fique longe de Raven. É para o seu próprio bem, acredite em mim.

Com isso, ele saiu pela porta e eu a bati atrás dele.

CAPÍTULO 18

RAVEN

Qualquer coisa dentro de mim me dizia que isso seria uma má ideia. No momento em que Nash me disse que seu pai estava aqui, eu soube. Não me surpreendeu que ele colocasse seus próprios pensamentos e sentimentos acima dos de seus filhos. O fato de Van vir aqui por motivos egoístas era parte de seu modo de agir, e presumi que Nash sabia disso porque foi criado por ele.

Eu não sabia muito sobre o relacionamento atual de Nash com o pai, mas, com base no que sabia do ensino médio e das minhas interações com ele naquela época, a trajetória disso era direta para o inferno. Van Henson só havia se tornado mais poderoso desde que eu partira, ou foi isso que consegui deduzir com base no que estava lendo secretamente desde que fiquei presa aqui.

O livro dos Chevaliers me fez querer mergulhar fundo em tudo o que pudesse descobrir sobre eles. Nash, seu pai e seu avô faziam parte da organização. Tive a sensação de que esse era o caso depois de encontrar a foto mais antiga no livro.

Uma pontada de culpa me atingiu no estômago. Não coloquei os fones de ouvido de volta como deveria e imediatamente me arrependi dessa decisão porque estava escutando a conversa sem querer. As paredes da cabana deviam ser relativamente finas porque conseguia entender a maior parte do que eles estavam dizendo. Era óbvio que as coisas não estavam indo bem, mas permaneci sentada na cama, mantendo minha promessa a mim mesma de que não me envolveria porque essa não era minha batalha. No entanto, pude ouvir que eu era um dos tópicos a serem discutidos.

Finalmente me cansei, coloquei os fones de volta em meus ouvidos e coloquei uma música para abafar o som. Li as mensagens de texto que Izzy e eu enviamos uma para a outra.

Eu: Espero que estejamos voltando para o campus em breve.

Izzy: Também espero que sim! Todas sentimos sua falta e achamos muito legal o Nash ter se oferecido para ajudá-la.

Sim. Legal. Se você soubesse o que realmente aconteceu, acharia que ele estava louco.

Eu: Sim, foi muito gentil da parte dele.

Izzy: E você pode me contar tudo o que aconteceu quando voltar para cá.

Eu: Izzy, eu estava doente.

Izzy: E agora você está melhor, então é a oportunidade perfeita para...

Ela terminou a mensagem com dois emojis, uma berinjela roxa e um gatinho, que me fizeram revirar os olhos. Era óbvio que ela não ia deixar isso para lá ou adotar uma postura madura em relação a isso.

Inclinei-me para trás e fechei os olhos. Não havia como tentar me concentrar em outra tarefa com o que estava acontecendo do lado de fora da minha porta. Eu estava começando a cochilar quando ouvi a porta bater. Meu coração saltou para a garganta, o som me fez pular porque foi alto o suficiente para ser ouvido pelos meus fones de ouvido com a função de cancelamento de ruído ativada.

Presumi que isso significava que Van tinha ido embora. Quando não ouvi mais nenhum barulho alto, isso aparentemente confirmou minhas suspeitas. O que não me disse foi como Nash estava se sentindo no momento. Eu poderia supor que Nash não estava feliz ou satisfeito. Bati o pé enquanto esperava para ver se ele entraria no quarto para falar sobre o que tinha acabado de acontecer.

Mas ele não veio.

Depois de alguns minutos, levantei-me da cama e abri a porta do quarto. De onde eu estava, vi que Nash estava com a cabeça entre as mãos. Sem pensar duas vezes, fui até ele e coloquei a mão em seu ombro.

— Está tudo bem?

— Sim, está.

Eu esperava que ele se calasse como antes e não falasse mais nada. Levei um momento para disfarçar minha surpresa quando ele continuou a falar.

— Eu só precisava de um momento para mim depois de lidar com ele.

— Bem, tudo bem. Vou voltar para o quarto.

Quando estava prestes a me virar e ir embora, a mão de Nash se levantou e cobriu a minha. O toque de sua mão foi reconfortante para mim, e esperava que fosse o mesmo para ele.

— Obrigado por vir ver como eu estava — ele disse.

Suas palavras me aqueceram. Toda aquela interação tinha sido inesperada, mas muito bem-vinda.

— É claro. Eu faria isso de novo em um piscar de olhos.

Isso me valeu um pequeno sorriso dele.

— Nós vamos sair daqui em algumas horas.

Eu fiquei paralisada.

— Espera, nós vamos?

Nash acenou com a cabeça.

— De acordo com minhas fontes, não há nenhuma ameaça crível contra você no momento. Portanto, devemos voltar às nossas vidas normais.

Dizer que estava aliviada era um eufemismo. Eu queria voltar à minha rotina normal. Queria passar mais tempo com Izzy, Lila e Erika. Falar com meus professores e assistir às aulas pessoalmente era o que eu queria. Parecia que estava esperando há uma eternidade que ele dissesse que poderíamos voltar, mas isso causou uma pontada no meu coração. Logo estaríamos voltando à realidade e quem sabe o que nos aguardava... qualquer coisa.

— Essa é uma boa notícia — eu disse com um tom de pergunta em minha voz.

— Sim. É o que você queria, certo?

Assenti com a cabeça.

— Sim. Quero voltar para a faculdade e retomar minha vida lá. Se é assim que você quer chamar.

Nash deu uma risadinha.

— Bem, podemos começar a nos arrumar para podermos ir.

Sua mão permaneceu na minha por alguns segundos a mais do que o necessário e uma pequena parte de mim desejou que ele tivesse simplesmente me puxado para seus braços. Quando ele me soltou, fui fazer as coisas que precisava fazer para sairmos daqui em tempo hábil. Empacotei as coisas que Easton trouxe e as coisas que Nash comprou para mim enquanto estávamos aqui. Depois de fazer isso, ajudei Nash a limpar o restante da cabana para que ficasse em condições semelhantes às que encontramos.

Para alguém que tinha dinheiro que poderia jogar fora para tentar consertar todos os problemas, fiquei um pouco surpresa que ele quisesse se dar ao trabalho de limpar a cabana e não apenas contratar outra pessoa para fazê-lo. Enquanto guardávamos as coisas, ele mencionou que uma equipe de limpeza viria para limpar, mas que não queria deixá-los com uma bagunça enorme.

Ficamos quase que totalmente em silêncio enquanto limpávamos, e isso foi uma bênção e uma maldição. Não ter que falar com ele significava que haveria um silêncio constrangedor entre nós. Eu também podia ficar perdida em meus próprios pensamentos, assim como ele parecia estar nos dele. Mas isso também significava que estávamos evitando o elefante na sala.

Em termos de seu "jogo", o segredo que ele achava que tinha contra mim parecia ser um ponto discutível agora. Com base na conversa que teve com o pai, parecia que ele estava acreditando cada vez mais em mim quando se tratava da acusação do pai.

A outra questão que era adjacente ao "jogo" dele era que não sabia onde isso nos levaria. Para piorar a situação, não tinha certeza do que queria que acontecesse conosco, então talvez fosse melhor não passarmos muito tempo conversando um com o outro.

As coisas entre nós tinham começado a melhorar enquanto estávamos aqui, mas agora, com o nosso retorno ao campus, não sabia como seria esse acordo entre nós dois e não conseguia decidir o que queria dele. Isso, além de não sabermos quem havia enviado Paul atrás de mim, me deixaria muito nervosa quando entrasse no campus da Universidade de Brentson.

CAPÍTULO 19

NASH

— Está pronta para sair?

Raven deu uma olhada na cabana e disse:

— Deixe-me dar uma última olhada e acho que estarei pronta para ir.

Assenti e fiquei olhando para a bunda dela enquanto ela se afastava. A ideia de segui-la até o quarto depois de termos acabado de arrumar as malas e fazer a limpeza passou pela minha cabeça. Mas continuei me comportando bem, e o brilho nos olhos de Raven quando ela voltou para a frente da cabana me disse que ela não teria se importado nem um pouco se eu tivesse feito isso.

Já tínhamos comido o jantar que eu estava esquentando quando meu pai chegou em silêncio. O que deveria ter sido uma refeição relaxante se tornou um momento tenso entre nós, pelo menos para mim. Eu não sabia o que Raven estava pensando, mas ainda estava me recuperando de ter que lidar com meu pai.

Peguei a última sacola, deixando Raven andar na minha frente enquanto eu fechava a porta atrás de mim. Desci com ela as escadas da varanda até o SUV de Easton, onde abri a porta do passageiro para ela. Ela me deu um pequeno sorriso enquanto se sentava e se acomodava. Depois de fechar a porta do carro, fui até o porta-malas, coloquei a bolsa preta lá dentro e a fechei com força. Quando estávamos ambos no SUV, olhei para ela que me deu outro sorriso, mas, dessa vez, ele não chegou aos seus olhos.

Eu queria perguntar o que havia causado aquilo, mas ela pegou o celular e começou a digitar. Em vez de interrompê-la, liguei o carro e começamos a dirigir de volta para Brentson.

Quando estávamos na estrada, passei pelos canais via satélite até chegar à estação de rock suave, permitindo que ela preenchesse o silêncio entre nós. Eu olhava para ela de vez em quando, mas seus olhos apenas se desviavam entre o telefone e a paisagem pela janela.

Eu queria perguntar o que ela estava pensando, mas tentar forçá-la a falar comigo não seria uma boa ideia.

Isso significa que a viagem de volta a Brentson foi feita ouvindo música e apreciando o pôr do sol quando a noite começou a cair.

Quando estacionei em frente à casa de Raven, flashes do que aconteceu na noite em que partimos apareceram em minha mente. Parecia que os Chevaliers tinham levado o veículo de Paul para outro lugar. Tomas não havia mencionado isso quando conversamos, mas gostei do fato, mesmo assim.

Desliguei o carro e soltei o cinto de segurança.

— Obrigada.

A voz de Raven me fez parar no meio do caminho. Era a primeira vez que ela falava desde que saímos da cabana.

— De nada. Eu faria isso de novo em um piscar de olhos. — Eu repeti suas palavras de antes para ela.

Ela me deu um pequeno sorriso antes de abrir a porta. Saí do carro e cheguei ao seu lado antes que ela fechasse a porta do SUV. O olhar que dei a ela a fez rir. Eu sei que ela não tinha problemas em abrir a porta do próprio carro, mas quando estávamos namorando, isso se tornou uma piada. Foi interessante como voltamos ao que fazíamos no ensino médio.

Ajudei Raven a levar suas coisas para a casa dela, onde encontramos Izzy, Lila e Erika reunidas em frente à televisão. As três nos encararam com os olhos arregalados e pareciam que iriam correr em nossa direção, mas nenhuma delas nos seguiu até o quarto dela. Presumi que elas estavam dando espaço a ela porque eu estava lá, mas assim que saísse, elas viriam correndo para cá.

Ela fechou a porta do quarto atrás de mim e ficamos olhando um para o outro, sem dizer uma palavra. Se nós dois estávamos na mesma página, ela também não sabia o que dizer sobre a situação em que estávamos. Passei a maior parte do trajeto repassando em minha mente tudo o que havia acontecido na última semana, mas a discussão com meu pai foi a que mais se destacou. Como ele ficou na defensiva. Como ele não parecia tão irritado com o fato de Raven estar em sua festa porque ela supostamente tentou dormir com ele para arruinar nossa família, apenas como isso o faria parecer na frente de seus colegas se ele não tivesse sido capaz de se manter calmo. Nada disso foi surpreendente porque meu pai faria qualquer coisa para proteger sua imagem, mas esse foi um novo nível até mesmo para ele.

Realmente me chamou a atenção o fato de que eu estava mais inclinado a acreditar em Raven do que em meu pai, o que ainda deixava a pergunta: o que fez Raven deixar Brentson?

— Eu... ainda não estou pronta para falar sobre isso.

Não percebi que tinha dito as palavras em voz alta até que Raven disse algo. Droga.

— Eu não queria dizer isso.

Ela ergueu a mão e disse:

— Você deve saber por que fui embora, e lhe contarei em breve. Só preciso descer desse nível de adrenalina em que estou desde aquela noite.

Assenti com a cabeça.

— Bem, se você precisar de mais alguma coisa...

— Eu sei para quem ligar.

Ela se aproximou de mim e me deu um longo beijo nos lábios. Eu nunca reclamaria de beijar Raven, mas isso quase pareceu um beijo de despedida. Quando nos separamos, coloquei minha mão em sua bochecha e encostei minha testa na dela. Era minha maneira silenciosa de dizer a ela que isso não era o fim.

— Eu deveria deixá-lo ir. Tenho certeza de que temos um monte de coisas para fazer para colocar nossas vidas de volta nos trilhos.

— Tudo bem, mas vejo você mais tarde — eu disse a frase com mais confiança do que sentia. Essa era a primeira vez em muito tempo que não tinha certeza sobre algo em minha vida. Eu sempre estava confiante quando entrava no campo de futebol ou durante o que poderia ser o puro inferno quando se tratava das provas para a presidência da Chevalier. Mas a presença de Raven tinha me jogado completamente em uma direção que nunca imaginei, e me senti como se estivesse em um terreno instável.

— Sim, vejo você por aí.

Juntos, saímos de seu quarto e acenei para Izzy, Erika e Lila antes de irmos para a porta da frente. Abri meus braços e ela se aproximou para um longo abraço. Parecia mais natural do que eu esperava. Gostei de tê-la perto de mim. A verdade é que sempre me senti bem em ter Raven em meus braços. Afastei-me dela e desci os degraus da frente para entrar no meu carro, que estava bloqueando a entrada da garagem.

Acenei para ela logo depois de ligar o SUV de Easton e esperei que ela fechasse a porta antes de olhar em volta. Queria ter certeza de que não estava vendo nada suspeito, considerando o que aconteceu da última vez que estive aqui.

Sem ver nada, saí do meio-fio e fui para o meu apartamento.

CAPÍTULO 20

RAVEN

Eu sacudi minha mochila que estava pendurada no ombro quando entrei no prédio de ciências políticas no campus de Brentson. Era meu primeiro dia de volta a essa aula e estava disposta a admitir que meu nervosismo estava me dominando.

Era o mesmo nervosismo que senti em meu primeiro dia de aula em Brentson. Era estranho ter de passar por tudo isso de novo, mas havia a pressão adicional de não saber se alguém estava me observando e, se estivesse, quando atacaria novamente. Mas pelo menos consegui chegar à aula em segurança.

Quando estava colocando minha mochila na cadeira em que normalmente me sentava, o Dr. McCartney, meu professor para essa aula, olhou para mim e sorriu.

— Raven, como você está?

— Estou me sentindo melhor, Dr. McCartney. Obrigada por perguntar.

A mentira saiu facilmente de meus lábios. Ajudou o fato de eu estar praticando o que ia dizer porque as pessoas ficavam me perguntando. Senti-me culpada porque era óbvio que as pessoas se importavam genuinamente comigo, algo que não experimentava nessa escala há muito tempo.

O Dr. McCartney voltou-se para um dos meus colegas e começou a falar com ele. Acomodei-me em meu assento e coloquei meu livro didático, meu celular e meu laptop sobre a mesa. Quando estava fechando o zíper da minha mochila, olhei da minha mesa para a porta da sala de aula e tive que olhar de novo. Landon estava lá. Ele me deu um leve aceno de cabeça, confirmando que havíamos nos visto antes de se afastar. Foi estranhamente perturbador e não entendi qual era a dele.

Verifiquei meu celular e vi que ainda faltavam dois minutos para o início da aula. Droga. Bati o pé enquanto me perguntava o que deveria fazer. Meu corpo se moveu antes que pudesse me impedir. Estava em uma missão para finalmente acertar as contas com ele. Evitei alguns dos meus colegas que estavam tentando chegar aos seus lugares, caminhei rapidamente até a porta da sala de aula e olhei na direção em que o vi se direcionar. Ele ainda estava visível, então o segui.

— Landon — eu gritei, mas isso não o impediu de continuar andando. Será que ele estava com fones de ouvido ou algo assim?

— Landon! — Gritei um pouco mais alto enquanto corria atrás dele. Algumas pessoas se viraram para me olhar. Eu não deveria estar correndo se quisesse manter as aparências de que estava doente demais para ir às aulas na última semana, mas, a essa altura, não me importava com o que os outros pensavam. A determinação de obter respostas havia vencido a manutenção das aparências.

Quando ele não me respondeu novamente, minhas pernas entraram em outra velocidade.

— Landon!

Dessa vez, ele fez uma pausa, mas não se virou. Qual era o problema dele? Quando finalmente o alcancei, ele se virou e me observou atentamente. Era irônico que deixei de querer sua atenção para conversar com ele e fiquei assustada com a atenção que ele estava me dando por causa da forma como ele me olhava.

Ele falou primeiro.

— Você precisa de alguma coisa, Raven?

— Na verdade, sim, preciso.

— Bem, então como posso ajudá-la?

O tom profissional que ele estava adotando comigo era estranho, já que não nos encontrávamos em um ambiente profissional, mas estava disposta a ignorá-lo porque precisava de respostas.

— Por que parece que toda vez que o vejo, você fica me encarando e depois vai embora antes que possa falar com você?

— É muita arrogância de sua parte pensar que estava te olhando.

Fiquei surpresa com sua declaração, mas me recuperei rapidamente.

— Olhe, deixe de besteira. O que está acontecendo?

Landon olhou para a esquerda antes de olhar de volta para mim.

— A única coisa que vou lhe dizer é que você precisa ter cuidado.

Isso soou parecido com o que Nash me disse.

— O que você quer dizer com "eu preciso ter cuidado'?

Landon verificou o relógio em seu pulso.

— Quero dizer exatamente isso. Você precisa ser cuidadosa.

— Isso não me ajuda. Você está fazendo isso de propósito.

Eu poderia tê-lo sacudido ou dado um soco em seu rosto de frustração.

— Apenas diga! O que você sabe que eu não sei?

— O incidente que a levou a deixar Brentson dessa vez? Poderia facilmente acontecer de novo. Seja. Cuidadosa.

— Mas espere…

Landon não se incomodou em esperar que eu terminasse minha frase. Ele se virou para ir embora, deixando-me pensando se deveria tentar ir atrás dele. Lembrando como deixei todas as minhas coisas na sala de aula, decidi que voltar era a melhor opção. Não queria chamar mais atenção para mim, não depois de ter ficado ausente por vários dias. Dei meia-volta e voltei para a sala de aula com uma nova determinação de que aquele não era o fim da conversa com ele, e que obteria mais respostas de Landon na próxima vez que o visse.

Voltei para a sala de aula e, felizmente, todas as minhas coisas estavam onde as havia deixado. Sentei-me e peguei meu celular na mesa. Mandar uma mensagem para a Izzy antes do início da aula seria o suficiente.

Eu: Você tem o número do Landon ou sabe onde ele mora?

Era um tiro no escuro, considerando o tamanho do campus, mas não custava nada. Coloquei meu celular no modo vibratório com a tela virada para baixo. Eu sabia que, se não fizesse isso, ficaria olhando para ele durante todo o tempo da aula.

Felizmente, as aulas passaram rapidamente e me senti bem por estar de volta. Depois de fazer aulas on-line quando saí de Brentson, percebi que me saía melhor quando assistia às aulas pessoalmente. Havia algo no fato de estar em uma sala que facilitava a minha concentração. Na verdade, fiquei surpresa com o quanto consegui me concentrar hoje, porque o que Landon disse estava se repetindo em minha mente. Será que ele estava de alguma forma ligado a Paul? Eu precisava contar a Nash.

Arrumei rapidamente todas as minhas coisas e peguei meu celular. A primeira coisa que vi foi uma notificação de texto da Izzy.

Izzy: Não tenho nenhuma informação de contato sobre ele. Mas talvez elas estejam no catálogo? A Brentson envia um no início de cada ano.

Eu: Temos um em casa?

Enquanto esperava que ela respondesse, caminhei até o meu carro, procurando por Landon, caso ele estivesse por perto. É claro que, como eu estava procurando por ele, ele não estava.

Izzy não respondeu antes de eu entrar e ligar o carro, então fui para casa e estacionei na entrada da garagem. Entrei em casa e a encontrei na cozinha.

— Ah, droga, esqueci de responder à sua mensagem. Acho que não temos um catálogo em casa... não tenho certeza se ele está disponível online.

— Isso parece uma violação de privacidade.

Izzy deu de ombros.

— Fale com os superiores. O que está acontecendo com esse interesse repentino pelo Landon?

Decidi que não contaria uma mentira completa.

— Eu o encontrei hoje, mas ele estava agindo de forma estranha, então quis ter certeza de que ele estava bem.

— É muito gentil de sua parte.

Larguei minha mochila perto dos pés e cruzei os braços sobre o peito. Meu lábio se contraiu quando eu disse:

— Isso foi sarcasmo?

— Não, eu estava...— Os olhos de Izzy se arregalaram brevemente antes que ela visse a expressão em meu rosto. Então ela me encarou. — Pare de brincar comigo.

Eu dei uma risadinha.

— Sim, talvez eu pare, mas realmente não tenho certeza do que está acontecendo com ele.

— Espero que não seja nada sério.

Mas era algo sério se tivesse a ver com minha segurança. Meu celular vibrou no bolso de trás da calça. Peguei meu celular e sorri. Era uma mensagem de texto de Nash.

— É ele, não é?

Isso me forçou a olhar para Izzy.

— Ele?

— Nash. Essa é a única razão pela qual você costuma ter esse sorriso bobo no rosto desde que chegou em casa.

— Você me viu duas vezes desde que voltei para casa.

Os olhos de Izzy se estreitaram.

— Sim, e ou ele estava com você ou lhe mandou uma mensagem. Estou disposta a apostar… na nossa próxima rodada de drinques, quando quer que seja, que é o Nash. Você que vai pagar.

Revirei os olhos, e ela jogou as mãos para o alto como se tivesse acabado de ganhar um milhão de dólares. Eu me abaixei para pegar minha mochila.

— Eu sabia, porra! Diga a ele que mandei um alô!

Acenei para ela enquanto me dirigia ao meu quarto. Fechei a porta do quarto atrás de mim, joguei a mochila perto da escrivaninha e caí de barriga na cama antes de aproximar o celular do rosto para ler a mensagem de texto.

Nash: Venha ao meu jogo no fim de semana.

Ele não deixou espaço para que discutisse com ele em sua mensagem.

Eu: Se você quiser.

Nash: Eu não teria dito isso se não quisesse. Será como nos velhos tempos.

Lembrei-me das vezes em que costumava assistir a seus jogos de futebol no ensino médio. De alguma forma, suspeitei que, embora pudesse ser como nos velhos tempos, seria em uma escala muito diferente e maior.

Eu: Haha, sim, será.

O riso que estava tentando transmitir não estava em lugar nenhum. Sempre que ele se referia aos momentos em que estivemos juntos no passado, eu entrava em uma espiral sobre como a vida poderia ter sido se tivesse ficado. Não esperei que ele respondesse antes de lhe enviar uma mensagem de volta.

Eu: Preciso falar com você sobre algo importante.

Achei que ele responderia a mensagem, mas, em vez disso, ele ligou.

— Alô?

— É tão bom ouvir sua voz. Você sabe que me faz lembrar dos sons que você faz quando eu…

— Nash, você está em público?

Ele deu uma risadinha.

— E daí se eu estiver? Estou falando baixo o suficiente para que ninguém possa me ouvir.

— Você é ridículo. — Ele parecia alegre, o mais feliz que ele parecia desde que voltamos a ter contato.

— Não seria a primeira vez que ouviria isso. Sobre o que você precisava falar comigo?

— É sobre Landon.

A pausa do outro lado da linha fez com que as borboletas em meu estômago se agitassem, e não de uma maneira boa.

— O que tem o Landon? Você entrou em contato com ele recentemente?

Isso era... ciúme?

— Sim, mas não do jeito que você está pensando.

— Em que sentido estou pensando, passarinho?

A maneira como ele disse meu apelido normalmente me faria desmaiar, mas dessa vez foi muito diferente. Sua voz tinha um tom perigoso, do qual parte de mim queria fugir e a outra parte queria explorar.

— Ele não está tentando me comer ou algo assim.

— Oh, bem, isso é um alívio.

— Não há necessidade de você ser sarcástico agora.

Eu o ouvi suspirar antes de falar novamente.

— Peço desculpas. O que ele fez?

Mordi o canto do lábio enquanto me perguntava se havia algo que deveria esconder de Nash. Balancei a cabeça. Se Nash estava realmente preocupado em me proteger, deveria contar a ele. Poderia ser um erro, mas não tinha muito o que contar além disso.

— Sempre que o vejo, ele está me encarando. Não se aproxima de mim, não diz oi. Apenas me olha fixamente. E não foi só hoje. Ele estava fazendo isso antes... bem, antes de você e eu sairmos na semana passada. Eu o vi me encarando no corredor antes da minha última aula hoje, então o persegui e conversei com ele brevemente.

— E o que ele disse?

— Ele me disse para ter cuidado. Disse que o incidente que me levou a deixar Brentson dessa vez poderia acontecer novamente. Presumi que ele estava falando sobre eu sair com você.

— Interessante.

— Agora, Nash, não quero que você faça nada com ele. Como machucá-lo ou…

— Matá-lo? — Ele terminou minha frase e, dessa vez, não estava chateada por ele ter terminado.

— Sim.

— Bem, vou falar com ele sobre isso de qualquer maneira. Não se preocupe com isso e, se precisar de mais alguma coisa, me ligue.

— Você sabe onde ele está?

Ele esperou um pouco antes de responder.

— Tenho uma ideia muito boa de onde ele possa estar. Eu ligo de volta para você. Mas se você tiver a sensação de que algo está acontecendo, quero que me ligue. Entendeu?

Assenti com a cabeça, embora ele não pudesse me ver.

— Eu ligarei. Prometo.

— Ok. Eu…— Ele fez uma pausa como se estivesse prestes a dizer algo mais, mas se conteve. — Falo com você mais tarde.

— Está bem. Adeus, Nash.

Encerrei a ligação e o medo se instalou. Em que diabos eu tinha metido Nash?

CAPÍTULO 21

NASH

Eu fiquei imaginando o que aconteceria quando Raven e eu não pudéssemos nos ver com regularidade desde que voltamos ao campus. Estava preocupado com o fato de que o progresso que havíamos feito em nosso relacionamento enquanto estávamos na cabana estivesse se deteriorando lentamente. Mas parece que minha preocupação foi em vão. Falar com ela por ligação me revigorou. Bem, isso e o fato de que precisava encontrar Landon o mais rápido possível.

Eu estava caminhando em direção à Mansão Chevalier quando liguei para Raven, então diminuí a velocidade para conversarmos. Agora que ela havia desligado a ligação, abri a porta da frente da casa e entrei.

Não tinha dúvidas de que encontraria Landon aqui. Afinal de contas, tínhamos sido chamados para uma reunião sobre como seria o cronograma da próxima série de tarefas que precisávamos concluir.

Fiquei feliz por ter chegado cedo à sala de reuniões, pois isso me daria a oportunidade de falar com Landon, caso ele também tivesse chegado cedo. Sentei-me na cadeira em que geralmente me sentava quando tínhamos reuniões menores e mais íntimas na sala de conferências e peguei meu celular para ter algo para fazer até que todos entrassem na sala.

Li as mensagens de texto que recebi de Raven e pude confirmar uma das coisas que meu pai disse quando me emboscou na cabana. Eu não conseguiria ficar longe dela, mesmo que tentasse. Eu me sentia atraído por ela e não conseguia resistir à atração.

Embora tivesse superado minha raiva por ela antes da visita de meu pai, depois que ele foi embora, percebi o quanto ela significava para mim novamente. Seria de se esperar que a raiva que sentia de Paul pelo que ele havia feito com ela fosse o que fez tudo isso se encaixar, mas foi preciso que meu pai explicasse tudo para que eu percebesse. Essa foi provavelmente a única razão pela qual o agradeci por ter vindo me ver.

Desde que voltamos ao campus, percebi por que doeu tanto quando ela foi embora sem deixar rastros. Foi porque eu sabia, naquela época, que ela era a única coisa para mim. Eu não queria mulheres que se atropelassem para substituir meu café ou alguém que estivesse disposto a tentar passar pelo Oscar para entrar no meu apartamento. Eu só precisava dela. E era por isso que estava disposto a fazer qualquer coisa para protegê-la. Qualquer coisa, porra.

Verifiquei a hora e notei que faltavam cinco minutos para a reunião começar. Como se isso fosse um sinal, Tomas entrou na sala e inclinou a cabeça para mim, reconhecendo minha presença. Durante os quatro minutos seguintes, quase todos os candidatos restantes ao cargo de presidente entraram na sala. O único que faltava era Landon, o que seria uma grande sorte minha. Será que ele tinha desistido e não tínhamos sido informados? Será que Tomas faria um anúncio aqui?

Tomas se levantou para falar e Landon entrou na sala, chegando à reunião pontualmente por uma margem mínima. Ele se sentou em uma cadeira mais próxima da porta.

— Que bom que você se juntou a nós, Brennan.

— Desculpe, me atrasei por causa de uma reunião que tive logo antes desta.

Tomas olhou para Landon por mais um segundo antes de se voltar para o resto de nós.

— Agora que estamos todos aqui, vamos começar.

Tomas olhou para cada um de nós antes de dizer:

— Parabéns. A razão pela qual cada um de vocês está nesta sala é porque demonstraram qualidades de uma Águia. Suas próximas tarefas serão mostrar qualidades que representem os Pardais e depois passaremos para as Corujas. As tarefas recomeçarão hoje...

A voz de Tomas sumiu de minha consciência enquanto olhava para Landon. Ele estava ocupado escrevendo algo em um caderno e queria poder ver o que era.

— Henson.

Minha atenção foi atraída de volta para Tomas, que estava de pé na frente da sala.

— Seja o que for que o esteja distraindo agora, esqueça, ou terei de dispensá-lo. Isso não é um jogo.

Levantei uma sobrancelha para ele. Não gostei de ser tratado como uma criança, mas ele tinha razão quando disse que eu estava distraído. Enquanto pensava em responder, alguns dos outros rapazes na sala riram. Se ele estava se referindo ao fato de eu jogar futebol, então era inteligente, e eu o reconheceria. Decidi não dizer nada porque não queria tornar o assunto mais importante do que era necessário. Além disso, precisava dele do meu lado para atingir meu objetivo final.

Não nos foi dada nenhuma dica sobre quais seriam as próximas tarefas, mas estava esperando que não fossem tão cedo. Eu queria ter tempo para descobrir quem estava tentando prejudicar Raven sem ter que me preocupar com as tarefas da presidência e do futebol, mas parecia que não teria essa sorte. Sem dúvida, estava muito ferrado.

Eu sabia que em nossa próxima tarefa, ou duas, teríamos que mostrar as qualidades encontradas naqueles que se tornaram Pardais. Eles se concentraram em ser trabalhadores e atenciosos. Eu era uma Águia, devido à minha lealdade aos Chevaliers e à minha força. Eu já tinha uma vantagem porque consegui passar facilmente pela pista de obstáculos e demonstrei lealdade ao matar o sequestrador de Raven. Como isso foi feito em termos de mostrar aos Chevaliers que estava no caminho certo para conquistá-la, já que eles achavam que ela era minha maior fraqueza, era uma questão diferente. E talvez nunca tenha a resposta para isso.

As Corujas eram conhecidas por serem sábias, então só podia imaginar que besteira elas poderiam nos jogar por causa disso.

Não nos dizer o que nos esperava era uma forma de nos manter alertas e nos forçar a estar preparados para qualquer coisa. Eu sabia que estava pronto para o que quer que eles jogassem em mim em circunstâncias normais, mas com Raven na mistura, não sabia o que esperar. O que era mais uma prova de que foi inteligente da parte deles listá-la como a pessoa que eu precisava conquistar.

Tomas se afastou de mim e anunciou:

— Poder. É algo que todos vocês desejam. Afinal, vocês não estariam competindo para tentar se tornar o próximo presidente se não quisessem o poder dessa posição. Mas quando esse poder está nas mãos erradas, ele pode ser prejudicial. É por isso que temos esses julgamentos. Quero lembrar cada um de vocês disso à medida que avançamos.

Eu realmente esperava não ter nenhuma tarefa para fazer nos próximos dias, mas suspeitava que não teria tanta sorte. Essa foi uma das razões pelas quais convidei Raven para o meu jogo de futebol no fim de semana. Eu tinha a sensação de que depois do jogo seria o único momento em que teria tempo livre, e essa seria a melhor maneira de vê-la.

Primeiro, precisava descobrir o que diabos Landon estava fazendo.

Em segundo lugar, precisava superar o que quer que fosse que eles iriam jogar em mim.

Mas, por enquanto, iria me concentrar no que Tomas estava dizendo e contemplar qual seria o meu próximo passo.

— Alguém tem alguma pergunta?

A pergunta de Tomas parecia vibrar nas paredes devido ao silêncio na sala. Todos preferiram balançar a cabeça em vez de responder em voz alta, presumi que por cautela. Nenhum de nós queria dar o passo errado e colocar em risco aquilo pelo qual estávamos trabalhando.

— Vocês estão dispensados. Eu os vejo de volta nesta sala em pouco mais de uma hora.

Pelo canto do olho, vi Landon se levantar primeiro. Ele poderia tentar fugir de mim, mas não ia deixar isso acontecer de jeito nenhum. Eu queria respostas e as queria agora.

Foi preciso fazer algumas manobras, já que Landon saiu da sala de reuniões primeiro, mas o alcancei rapidamente e coloquei meu braço ao redor de seu ombro.

— Parece que você e eu precisamos ter uma conversa.

Ele deu de ombros para se livrar do meu braço e disse:

— Não sei sobre o que teríamos que conversar. Não temos muito em comum.

— Veja, é aí que você se engana. Temos uma pessoa em comum e eu o avisei para ficar longe dela. Mas parece que você não consegue, o que não entendo. E isso sem levar em consideração o fato de que você estava me encarando depois que desci do ônibus, quando eu estava voltando de um jogo fora de casa. Então, acho que precisamos encontrar um lugar privado onde possamos… conversar.

Com um suspiro pesado, Landon disse:

— Vamos lá. Podemos ir para o meu quarto.

Eu não tinha prestado muita atenção porque não sabia que Landon ainda morava na Mansão Chevalier. Eu havia optado por não morar aqui quando tive a oportunidade de fazê-lo e pensei que a maioria dos alunos do primeiro e do segundo ano também não morava, por isso achei interessante que ele não tivesse feito o mesmo.

Não nos falamos até que ele fechou a porta de seu quarto atrás de mim.

Não perdi tempo e fui direto ao assunto principal desse encontro.

— Por que você disse à Raven hoje que ela precisava tomar cuidado?

— Porque ela deveria ter. É um mundo perigoso...

Eu estava cansado e minha paciência já tinha se esgotado. Quando entrei aqui, não tinha planos de empurrá-lo contra a parede, mas era engraçado como as coisas mudavam.

— Poupe-me das suas besteiras, Landon. Que informações você tem? Você sabia que ela deixou o campus e que não foi por estar doente. Então, o que você descobriu ou é você que é a ameaça contra ela? E não terei nenhum problema em acabar com você, se for o caso.

Dessa vez, não havia um pingo de medo nos olhos de Landon.

— O que eu disse era tudo o que eu tinha pra dizer. Raven precisa ter cuidado porque, embora você tenha matado o sequestrador dela, isso não é o fim de tudo.

— O fim de quê?

— Eles vão continuar vindo atrás dela, até atingirem seu objetivo.

— Quem diabos são eles e qual é o objetivo deles? Pare de falar em enigmas.

— Não estou falando em enigmas. Estou lhe dizendo tudo o que posso porque também não sei quem são eles.

Eu o agarrei com mais força.

— Então, como você encontrou essas informações?

— Bem, não tenho permissão para divulgar essas informações porque isso colocaria tudo em risco.

CAPÍTULO 22

NASH

— O que ele te disse?

Raven não perdeu tempo em me cumprimentar. Passei a mão em meu cabelo.

— Nada além do que você sabe, mas quero que você seja extremamente cuidadosa. Certifique-se de não estar sozinha, se puder evitar, mas isso é tudo o que ele estava disposto a me dizer.

— Você acha que ele sabe mais?

— Eu o ameacei, e ele sabia que levaria isso adiante. Mesmo assim, ele disse a mesma coisa. Tenho uma sugestão melhor. Você pode vir morar comigo e tenho um porteiro que vai…

— Hum…

A hesitação de Raven me fez parar. As palavras saíram de minha boca antes que pudesse pegá-las.

— A outra opção seria eu largar as coisas que estou fazendo e…

— Negativo em qualquer uma das opções, Nash. Vou tentar não ficar sozinha até sabermos quem está fazendo isso. Não quero que sinta como se sua vida estivesse em pausa por minha causa.

— Estou tentando protegê-la.

— E eu sei disso. Mas você precisa jogar futebol, precisa fazer o que precisa pelos Chevaliers e precisa…

— O que você quer dizer com preciso fazer pelos Chevaliers? O que você acha que sabe sobre eles?

Eu a ouvi murmurar a palavra “merda”. Ela soltou um suspiro profundo antes de dizer:

— Eu li um livro na cabana que acho que pertenceu ao seu avô.

Eu quase podia apostar que sabia de que livro ela estava falando. Ele tinha alguns livros sobre os Chevaliers, mas um deles havia sumido da última vez que fui à cabana e não consegui encontrá-lo.

— Encontrei uma foto sua, dele e da Bianca nele.

Bingo.

— Por que você não me contou?

— Eu estava chateada com você na época e não queria falar com você. Também achei que contar para você aumentaria a raiva que havia entre nós, então guardei para mim. Foi na noite em que você pediu o sorvete do Smith's.

— É justo.

— Você não está bravo?

— Não, mas você deveria ter me contado. — Não havia motivo para ficar irritado. O livro continha algumas informações bem básicas sobre os Chevaliers e alguns de nossos membros mais proeminentes. Mas nada relacionado aos nossos rituais deveria estar lá, então isso significava que Raven estava segura. Porque se ela tivesse aprendido alguns de nossos principais segredos sem ser membro, então... provavelmente não haveria nada que pudesse fazer para salvá-la. Essa foi uma das coisas para as quais nos inscrevemos quando nos tornamos Chevaliers.

— Eu não deveria ter feito isso. Peço desculpas.

Afastei o celular do meu rosto e olhei a hora.

— Eu tenho que ir, mas fique com suas colegas de quarto e podemos discutir outras providências.

— Nash, sou uma mulher adulta e posso fazer o que eu quiser. Eu lhe disse o que vou fazer e é isso. Agora, vejo você no seu jogo no sábado.

Ela desligou a ligação na minha cara. Se não tivesse que fazer a próxima tarefa da presidência, teria ido até a casa dela agora mesmo para dar umas palmadas em seu traseiro, sem dúvida.

O tempo entre a reunião com Tomas e a próxima tarefa era de apenas uma hora e meu tempo foi reduzido por causa do meu encontro com Landon. Fui até meu carro para poder conversar com Raven em particular. Eu não sabia quem poderia estar ouvindo, especialmente porque Landon sabia o verdadeiro motivo pelo qual Raven e eu ficamos fora por vários dias. Agora, talvez tivesse tempo suficiente para fazer um pequeno lanche, mas foi só isso.

Era hora de ir embora.

A Mansão Chevalier tinha seu próprio chef e equipe, portanto, a cozinha estava sempre totalmente abastecida. Isso tornou mais fácil pegar dois sacos de batatas e encher uma das minhas garrafas de água. Eu já havia almoçado, mas queria comer alguma coisa agora porque não sabia quando seria a próxima refeição.

Comi os salgadinhos e bebi minha água antes de me juntar a todos na sala de reuniões. Observei quando Landon se sentou, mais uma vez perto da porta, e quando nossos olhos se encontraram, ele acenou para mim. Tomas foi o último a se juntar a nós.

— Então, tenho certeza de que todos vocês estão se perguntando qual será a tarefa de hoje à noite.

Acenei com a cabeça, mas não sabia dizer se os rapazes na sala também estavam acenando.

— Esta noite, vocês trabalharão em equipes de dois e ajudarão a selecionar nossa próxima turma de iniciados para os Chevaliers.

Eu gemi internamente. Eu trabalhava melhor quando estava sozinho. Eu só esperava ter a sorte de conseguir formar uma dupla com qualquer cara da sala, menos Landon.

A sorte não estava do meu lado, porque, é claro, eu tinha sido designado com Landon para ajudar a orientar alguns homens nos próximos passos que precisavam dar para se tornarem Chevaliers. Embora isso englobasse a natureza amigável dos Pardais, essa era a última coisa que estava pensando que essa tarefa poderia ser. Não sabia que parte do meu trabalho seria tomar conta de calouros e alunos do segundo ano.

Pelo menos eles estavam tão assustados que não queriam falar, e tinham todo o direito de estar assim. Eles não estavam preparados, de forma alguma, para o que estava prestes a acontecer, porque não havia como estar. Todos eles já haviam passado pela fase de triagem para se tornar um Chevalier e agora estavam no processo de se tornarem membros. Mas nada poderia prepará-los para o que estavam prestes a ver e fazer.

As luzes da sala estavam baixas e Landon e eu estávamos com nossas capas, o que nos envolvia quase completamente em mistério. Era estranho estar do outro lado desse ritual, mas o reconhecia como uma honra.

Mesmo com as luzes apagadas, pude ver que um dos rapazes perto de mim estava nervoso. Isso não seria possível.

Eu me inclinei e disse:

— Você está bem, cara?

Ele assentiu rapidamente com a cabeça, mas não disse uma palavra.

— Qual é o seu nome?

— Josh. — Havia um leve tremor em sua voz, confirmando minhas suspeitas de que ele estava nervoso.

— Ouça, Josh. Não há problema em ficar nervoso ou com medo. Todos nós já estivemos em seu lugar, mas o que você não pode fazer é desistir. Entendeu?

Ele assentiu com a cabeça, me levantei e voltei para minha posição. Eu não queria mimá-lo, mas sabia que ele iria se dar mal quando descobrisse qual seria a próxima tarefa de iniciação nos Chevaliers.

Eles descobririam que teriam dois dias para oferecer um sacrifício ao nosso presidente e ao conselho de liderança, e se você quisesse desistir, seria tarde demais. Você já estava muito envolvido, e o resultado seria o fim de sua vida.

Pelo menos foi isso que aconteceu com um dos rapazes que deveria estar na classe de iniciação depois da minha. Caleb Johansen. Em público, foi uma situação acidental e essa foi a informação que foi dada a seus pais. Na realidade, ele se recusou a cumprir essa tarefa. Houve rumores sobre o motivo de sua morte e se estava relacionado a nós, mas nada foi confirmado.

Mas todos os Chevaliers do campus sabiam o que realmente havia acontecido. Foi triste porque poderia ter sido evitado.

Lembrei-me de meu sacrifício como se fosse ontem. O choque vibrou por toda a sala quando nos disseram o que precisávamos fazer, e imediatamente me coloquei à altura da ocasião. Não houve hesitação de minha parte e a emoção resultante nunca poderia ser reproduzida de outra forma.

Porque essa não foi nem mesmo minha primeira morte.

CAPÍTULO 23

NASH

— Filho, você sabe o que tem que fazer.

Olhei de relance para meu pai antes de voltar a olhar para a situação que estava se desenrolando diante de mim. O homem diante de mim estava sangrando pela boca e pelo nariz depois de ter sido espancado pelo meu pai. Eu não tinha ideia de seu nome ou de onde ele vinha. Ele cuspiu sangue e o que parecia ser um dente antes de grunhir. Não se sabe como passei de procrastinar meu dever de casa de química ficando no meu quarto e mandando mensagens de texto para uma garota da classe para participar disso.

Tudo começou com meu pai batendo na minha porta, dizendo que tínhamos que ir a um lugar e acabamos em um armazém aparentemente abandonado. Todo o resto aconteceu tão rápido que foi um borrão. Tudo parecia surreal.

— Não, não sei, pai. Não sei ao certo por que estou aqui.

— Você está aqui para aprender algo. Sobre quem você é e o que você vai se tornar.

Suas palavras não esclareceram em nada por que eu estava aqui.

— Eu ainda não entendo.

— Há muita coisa que você não saberá até que eu considere que você tem o direito de saber, mas o prepararei para isso porque você é meu filho. — Ele fez uma pausa e olhou para o homem ofegante no chão, como se ele não tivesse valor algum para ele. — Você vai matar esse homem esta noite.

Meus olhos se arregalaram ligeiramente e esperei para ver se meu pai estava brincando. Quando não houve nenhum riso depois do que ele disse, soube que ele estava falando sério. Muito sério.

— Mas por quê?

— Ele ferrou várias pessoas, inclusive eu. Agora ele tem que pagar por suas ações. E pensei em passar a honra para você.

O cara deitado aos meus pés parecia lamentável, mas não podia matá-lo. Era desumano. Eu não conseguia acreditar que meu pai esperava que eu fizesse isso. Isso não significa que não tenha visto ou ouvido algumas das coisas que ele fez quando pensou que eu estava dormindo. Só que eu achava que ele tinha parado com esse tipo de atitude porque agora era prefeito de Brentson. Presumi que ele queria manter qualquer sinal de controvérsia longe de si, pois isso poderia prejudicar os objetivos que ele queria alcançar. Claramente, eu estava errado.

— Eu não quero fazer isso, pai.

— Esse desgraçado aqui tentou roubar nossa família. Ele tentou roubar milhões de nós em um esquema de Ponzi e você sabe onde isso nos deixaria se eu não tivesse descoberto a tempo? Na miséria.

Eu duvidava muito que tivéssemos ficado destituídos, já que a fortuna da família Henson valia bilhões. A forma como ela foi adquirida provavelmente não nos tornava muito diferentes do homem no chão tentando limpar o sangue do rosto.

Mas o fato de ele tentar nos roubar mudou completamente as coisas.

Meu pai andou ao redor do corpo dele, fazendo um inventário dos danos causados antes de chutá-lo no estômago com toda a força que tinha. O homem se dobrou, esquecendo-se do sangue que saía de seu rosto e optando por segurar o estômago. Ele demorou um pouco para recuperar o fôlego e olhou para mim antes de virar a cabeça para olhar para o meu pai.

— Você não vai fazer com que seu filho faça algo que você não é homem o suficiente para fazer, Van, vai?

Meu pai deu de ombros e eu sabia por quê.

Eu tinha que admitir que esse cara claramente não dava a mínima. Ele não estava tentando implorar ao meu pai para parar ou poupar sua vida. Ele realmente não se importava com o que aconteceria e não tinha problema algum em instigar Van Henson. Até eu sabia que isso era um grande erro de julgamento. Tudo o que isso faria era irritar ainda mais meu pai, mas não o irritaria tanto quanto se ele tivesse tentado destruir a imagem que Van Henson havia passado anos cultivando.

O cara ensanguentado no chão se virou e olhou para mim novamente.

— Você tem mais coragem do que o seu velho aqui? Vai começar a fazer o trabalho sujo dele agora?

— Nash, faça o que eu disse para que possamos sair daqui.

— Não me sinto confortável fazendo isso.

— É a sua primeira vez. Não espero que se sinta absolutamente confortável, mas haverá um momento em sua vida em que isso será útil. Faça isso para que possamos ir para casa antes que o jantar seja servido.

Dei um passo em direção ao homem no chão. Ele me deu um sorriso largo e pude ver claramente que lhe faltava um dente. Passei por cima de seu corpo e puxei sua cabeça para trás antes de estender a mão para pegar a faca de meu pai. Quando ele a colocou em minha mão, senti um poder que nunca havia sentido antes. Eu estava no controle da vida ou da morte desse homem.

Homens saíram das sombras e nem percebi que eles estavam lá. A chegada deles provocou uma mudança imediata no comportamento do homem. Ele finalmente estava com medo e começou a gritar, não que isso fosse ajudar. Minha vítima continuou a gritar mesmo depois de eu ter cortado sua garganta, mas antes que eu pudesse fazer qualquer outra coisa, meu pai me entregou uma toalha e me mandou embora.

— Da próxima vez, apunhale bem aqui — ele disse ao gesticular para um local em seu pescoço. — Assim, eles se calam mais rápido.

Assenti com a cabeça e continuei andando com ele ao meu lado.

Meu pai colocou o braço em volta de mim e fiquei surpreso. Ele então disse:

— Mas o que eu deveria ter dito primeiro é bom trabalho, filho.

Recusei-me a reconhecê-lo por causa do que ele havia me convencido a fazer. Em vez disso, verifiquei meu celular e notei que havia recebido uma notificação de texto.

> **Raven: Gostaria muito de sair com você. É só me avisar a hora e o local.**

Ela terminou a mensagem com um emoji sorridente. Foi o final perfeito para uma noite emocionante.

— Você sabe o que precisa fazer! Faça isso, porra! — O grito de Tomas nos cercou, fazendo com que todos soubessem quem estava no comando desse cenário. Dois dias depois, era hora de nosso próximo ritual.

Esses futuros iniciados, assustados, estavam diante dos sacrifícios que estavam amarrados a cadeiras. Eles podiam escolher as armas que quisessem e, por algum motivo, fiquei de olho no Josh enquanto o ritual continuava. Ainda bem que o fiz, porque a cena que se desenrolou diante de mim aconteceu mais rápido do que eu poderia piscar.

O cara que Josh trouxe como sacrifício se soltou e o derrubou no chão, arrancando-lhe a faca que ele havia escolhido usar. Foi um milagre que nenhum dos dois tenha sido esfaqueado.

Agi por puro instinto. Corri até onde Josh estava sendo atingido e arranquei o cara de cima dele. Antes que o sacrifício de Josh pudesse se recuperar, dei-lhe um soco no rosto.

— Essa é a sua matança. Você pode fazer isso, porra. Aqui, pegue isso.

Josh não acabaria como Caleb. Vi algo nele durante nossa breve interação que me disse que ele não teria problemas para realizar a tarefa em questão. Não teríamos que inventar uma história de encobrimento para esconder o fato de que Josh havia se tornado um sacrifício para evitar um vazamento sobre o que realmente fazíamos como Chevaliers. Caleb havia feito essas coisas e era por isso que ele não estava vivo agora.

Dei a Josh a faca que ele estava segurando antes de ser atacado. Ele a pegou com uma mão trêmula, e lhe dei um pequeno aceno. Com a minha garantia, ele cortou o pescoço de seu sacrifício. O sangue jorrou por toda parte, mas não o matou imediatamente. Seus gritos podiam ser ouvidos ao nosso redor até que tirei a faca de Josh. Eu o apunhalei no pescoço, onde sabia que isso o silenciaria e o mataria, e sorri ao ver seu corpo sem vida cair no chão.

Olhei para Tomas, cujos olhos estavam voltados para mim. Ele acenou com a cabeça para mim antes de me virar e ir embora. Se isso não significava que eu tinha as qualidades de um Pardal, não sabia o que significaria.

CAPÍTULO 24

RAVEN

— Está quase pronta?

Olhei para cima e vi Izzy apoiada no batente da porta do meu quarto com as mãos atrás das costas. Ela estava com um sorriso enorme no rosto. Sua roupa foi escolhida com perfeição e sua maquiagem foi feita para representar a Universidade de Brentson. Se isso não era um exemplo de orgulho da faculdade, não sabia o que era.

— Eu estou.

— Chegou algo para você. Isto foi entregue em casa há alguns minutos. — Izzy me entregou uma sacola branca com papel de presente branco e dourado. Combinava com o que ela estava vestindo, se estivesse sendo honesta.

Esfreguei as mãos em meu jeans antes de pegar a sacola.

— Que diabos é…

Puxei o pacote e me deparei com uma camisa de futebol branca com letras douradas. Ela tinha Henson nas costas e um grande número quatorze.

— Ele não pode estar falando sério.

— Ele ama você. Ele nunca deixou de amar você.

Revirei os olhos.

— Pare com isso, Izzy.

— Estou apenas dizendo a verdade. Ele se esforçou muito para garantir que você a tivesse. E você deixou cair isso.

Izzy se abaixou para pegar algo do chão. Ela me entregou um envelope e, dentro dele, encontrei dois ingressos e um bilhete escrito à mão. Ela arrancou os ingressos de minha mão antes que eu pudesse reagir. Erika e Lila tinham outros planos e não puderam ir ao jogo.

— Esses assentos são fantásticos! Agora me diga novamente que ele não se importa com você.

— Izzy… — Estava tentando avisá-la para parar com isso, mas é claro que ela me ignorou.

— Não quero ouvir isso — ela disse em uma voz cantada.

— Então vá embora para que eu possa terminar de me arrumar e depois possamos pegar o ônibus para o campo. Não quero ter que lidar com estacionamento se pudermos evitar.

— Tudo bem. Mas se apresse, se é isso que você quer fazer. Encontro você lá na frente em alguns minutos.

Com isso, ela saiu do meu quarto. Peguei o bilhete e o li rapidamente.

> *Passarinho,*
>
> *Talvez da próxima vez você escolha ficar no meu camarote particular? Ainda assim, estar com a torcida é uma experiência incrível e será tudo o que você esperava que fosse e muito mais. Encontre-me depois do jogo perto dos vestiários.*
>
> *N*

Minhas bochechas se aqueceram ao ler o bilhete novamente antes de perceber que estava perdendo tempo. Fui correndo para o meu armário para encontrar outra coisa que pudesse vestir para continuar aquecida, mas também para ficar bem com a camisa. Encontrei uma blusa de manga comprida branca que ficaria bem por baixo da camiseta e, depois de vesti-la, olhei-me no espelho muitas vezes antes de pegar minha bolsa e os ingressos. Dei outra olhada rápida antes de sair do meu quarto e ir para a porta da frente, onde Izzy estava me esperando.

Saímos e vimos que o ônibus estava a cerca de dois quarteirões do ponto de ônibus mais próximo de nós. Izzy e eu corremos até lá e chegamos bem a tempo de o ônibus nos pegar.

Chegamos ao estádio em tempo hábil e ele já estava começando a ficar cheio. Fiquei observando enquanto Nash se aquecia.

Agora podia entender por que as pessoas eram tão obcecadas em assistir a jogos de futebol americano universitário. Isso me fez lembrar das vezes em que fui aos jogos da Brentson High para torcer por Nash, mas isso era em um nível completamente diferente. Um mar de dourado e branco estava em completa exibição e nunca tinha visto tantas pessoas em um evento em toda a minha vida.

A emoção de estar aqui era eletrizante.

— Você é a garota do Nash?

Izzy e eu nos viramos e encontramos um cara parado atrás de mim.

— Uh...— Fiquei chocada com o fato de alguém se referir a mim como tal. Eu sabia que ele havia contado a pelo menos uma pessoa que estávamos namorando novamente, mas tínhamos concordado que não precisaríamos nos preocupar com isso quando voltássemos ao campus. Estranho.

— Sim, ela é — disse Izzy, respondendo por mim.

— Ele queria que eu avisasse que qualquer coisa que você pedisse aqui seria...

— Eu assumo a partir daqui.

Nós três nos viramos e encontramos Bianca sorrindo enquanto descia as escadas em nossa direção.

— Nash me disse que você queria se sentar com a multidão, então achei que poderia fazer companhia a vocês duas aqui embaixo. O que ele ia dizer é que qualquer coisa que vocês pedirem, não se esqueçam de mencionar que estão com o Nash e isso será cobrado dele. Mas, como estou aqui, podemos nos certificar de que isso não será problema. — Ela então se voltou para o rapaz que ela havia interrompido. — Obrigada, Dave. E diga ao meu irmão que é melhor ele dar uma surra lá embaixo.

— Farei isso.

— Serei mais gentil que a Bianca e lhe desejarei boa sorte — eu disse.

— Idem — disse Izzy.

Dave voltou para o campo e Bianca, Izzy e eu ficamos esperando o início do jogo.

Quando foi dado o pontapé inicial e o jogo começou, as coisas ficaram loucas rapidamente.

O fato de o seu ex-namorado, com quem você estava "namorando de mentira", lançar outro passe para o touchdown, faz certas coisas com o seu corpo. Quem adivinharia? Eu certamente não sabia até agora. Talvez fosse outra fantasia que tivesse descoberto por causa de Nash.

— Vamos lá, Bears!

Bianca e Izzy se viraram para me olhar antes de rir.

— Eu não esperava que você entrasse nessa.

Torcer em arquibancadas não era muito a minha praia, mas não pude deixar de ficar animada com Nash. Ele estava se saindo muito bem, mas eu não estava chocada com isso, para ser sincera.

— Raven?

Eu me inclinei para que Bianca pudesse sussurrar em meu ouvido.

— O Nash disse que queria que você o encontrasse depois do jogo, então vou levá-la até lá e depois levo a Izzy para casa.

Minha boca se abriu e me virei para olhar para ela.

— Você concorda com isso?

— Claro. Não é um problema. Meu irmão vai ficar me devendo, mas essa é a norma por aqui.

Eu ri e voltei minha atenção para o jogo. A expectativa começou a aumentar, e mal podia esperar para ver o que mais Nash faria em campo e para vê-lo depois que tudo terminasse.

Eu gritei tanto durante o jogo que minha voz começou a ficar rouca, o que foi hilário para mim. Os jogos de Nash no ensino médio eram emocionantes, mas não eram nada comparados ao que eu tinha acabado de vivenciar. Os Bears ganharam o jogo por mais de vinte pontos, e sabia que todos estariam comemorando muito em breve.

Esperamos cerca de meia hora após o término do jogo para que Bianca levasse a mim e a Izzy para a área dos vestiários do estádio e depois me deixasse para voltar ao campus com Izzy.

Avistei Nash primeiro, mas ele falou antes que eu pudesse falar.

— Aí está você.

Ele me puxou para um canto tranquilo e me arrastou para seus braços e ficamos ali, abraçados como se nada mais no mundo importasse. Ele tinha acabado de tomar banho e o cheiro do seu sabonete de banho tomou conta dos meus sentidos. Tinha um efeito calmante sobre mim.

— Você vai dividir as garotas ou o quê? Pode ser como da última vez…

— Brody…— Esse foi o único aviso que tive de que algo estava prestes a acontecer.

Nash agiu antes que Brody pudesse terminar sua frase. Um grito curto saiu de meus lábios quando Nash empurrou Brody contra a parede e foi então que percebi o quanto ele era realmente poderoso. Era óbvio, com base na força com que empurrou Brody, que ele poderia facilmente ter me jogado contra a parede na escadaria da biblioteca na primeira vez que nos falamos novamente em dois anos, mas não o fez.

— Nash — eu disse, mas ele não mudou sua postura.

Coloquei minha mão sobre a dele antes que ele pudesse fazer algo de que pudesse se arrepender mais tarde. Ele parecia que não teria nenhum problema em matar esse cara agora, e sabia que precisava acabar com isso antes que chegasse aos socos. A última coisa que precisávamos era que alguém visse isso e falasse com a imprensa.

— Nash.

Dessa vez, consegui desviar a atenção de seu amigo e colega de equipe para que ele se concentrasse em mim.

— Isso não vale a pena. Ele não vale a pena para arruinar o seu futuro.

O que eu estava dizendo era verdade, mas ignorava o fato de que seus pais se certificariam de que sua reputação fosse à prova de balas e pudesse sobreviver a quase tudo. Eles se certificariam disso.

Nash soltou Brody e ele imediatamente levantou os braços.

— Eu não quis passar dos limites, foi apenas algo que fizemos no passado.

— As coisas mudam.

— Obviamente, perdi o memorando. Vejo você mais tarde hoje à noite.

Brody deixou Nash e eu parados atrás dele. Fiquei imaginando o quanto as coisas tinham realmente mudado desde a época em que eles "compartilhavam as garotas". Nash balançou a cabeça e segurou minha mão.

— Vocês gostavam de compartilhar mulheres? — perguntei enquanto caminhávamos juntos.

— Com ênfase no gostavam.

— Você está dormindo com mais alguém agora? — A pergunta saiu voando da minha boca. Eu achava que ele não estava, mas nossa experiência com Brody me fez questionar isso. É uma questão que deveríamos ter abordado quando tudo isso começou de novo, mas pelo menos estávamos fazendo isso agora.

— Não. E estou completamente limpo, se você está preocupada com isso também. Fiz o teste pouco antes do início do ano letivo.

Eu esperava uma resposta espertinha da parte dele, mas fiquei feliz por ele ter levado minha pergunta a sério.

— Eu também estou limpa. Fiz o teste há dois meses e não fiquei com ninguém nesse período.

Nash assentiu enquanto me levava até seu carro e, embora tenha demorado um pouco, finalmente chegamos ao seu apartamento. Quando ele abriu a porta, entrei e deixei minha bolsa no balcão antes de me virar para ele.

Ele fechou a porta atrás de si e se virou para mim antes de sorrir e dizer:

— Foi incrível ter você lá fora, aplaudindo e gritando o meu nome.

— Você não conseguia me ouvir.

— Mesmo assim, sei que você estava fazendo isso. Ouça a sua voz.

Revirei os olhos.

— Eu estava tão empolgada. Ainda estou. Foi um jogo muito emocionante. Sabe o que estou pensando agora?

— O que?

Dei um passo em sua direção, diminuindo a distância entre nós. Coloquei uma mão em seu peito. Com a outra, peguei sua mochila e a retirei de seu ombro. Ela caiu no chão e a tirei do caminho com meu pé.

— Acho que é hora de comemorar. Você se lembra da última vez que comemoramos? — O olhar sombrio em seus olhos azuis me disse que sim. — Achei que poderíamos fazer algo parecido, mas um pouco diferente desta vez.

Ele virou o corpo de modo que ficou apoiado no balcão. Eu me ajoelhei e rapidamente abaixei sua calça de moletom. Não pude deixar de olhar para seu pau, em preparação para o que estava por vir. Parte de mim não conseguia acreditar que havia feito isso voluntariamente, mas estava muito excitada com o jogo.

Agarrei seu pau e me inclinei para frente, permitindo que minha língua desse a primeira lambida. O arrepio que percorreu seu corpo com aquele movimento me deixou feliz. Ele não tinha ideia do que estava prestes a acontecer com ele.

Lambi a cabeça de seu pau novamente antes de levá-lo à boca e chupá-lo. Relaxei a mandíbula e o levei mais à boca enquanto olhava para ele. Nash estava olhando para mim e podia ver a luxúria e a admiração em seus olhos.

— Porra — ele murmurou enquanto agarrava o balcão com uma das mãos. Eu dei uma risada e ele gemeu. As vibrações da minha risada devem ter sido a sua ruína.

Pude sentir sua outra mão subir pela lateral do meu rosto, onde as pontas dos dedos tocaram levemente minha bochecha antes de chegarem ao meu cabelo.

— É isso mesmo. Chupe o meu pau. Vou me derramar todo nessa sua linda garganta.

Eu podia me sentir cada vez mais molhada com suas palavras. Seu encorajamento me deu coragem para engolir ainda mais dele e engasguei um pouco antes de recuar. Massageei suas bolas e ele respirou rapidamente.

— Segure firme — ele disse.

Fiquei imaginando o que ele faria em seguida. Minha pergunta logo foi respondida quando ele moveu os quadris. Ele ia foder a minha boca.

Eu me certifiquei de ficar o mais imóvel possível enquanto ele mergulhava em minha boca. Seus gemidos e grunhidos ficaram mais altos à medida que seu ritmo aumentava. Suas mãos foram para os lados do meu rosto, fazendo sua parte para manter minha cabeça firme. Quando seu ritmo diminuiu, sabia o que isso significava. Nash recuou um pouco para poder liberar seu esperma em minha boca.

A aspereza de sua respiração era tudo o que eu podia ouvir enquanto engolia até a última gota, certificando-me de manter a camiseta limpa. Ele estava tentando recuperar o fôlego e eu adorava o som disso. Adorei saber que tinha feito isso com ele.

Quando ele conseguiu se acalmar, disse:

— Essa foi a nossa comemoração particular. Vamos nos limpar para irmos festejar pelo campus.

CAPÍTULO 25

RAVEN

— O jantar estava absolutamente delicioso, Raven. Obrigada.

Sorri para Lila, que havia me elogiado. Meus olhos se moveram do rosto de Lila para o de Izzy e, finalmente, para o de Erika, e observei enquanto elas concordavam com a cabeça. Eu havia preparado uma lasanha para um jantar mais cedo porque minhas colegas de quarto haviam decidido ir a um show naquela noite. Teríamos jantado em outra noite, mas essa era a única vez que estaríamos todas livres ao mesmo tempo.

Eu não podia negar que me sentia bem por estar de volta à cozinha, fazendo comida e vendo as pessoas gostarem dela.

— Vou lavar a louça — anunciou Izzy.

— Eu ajudo — ofereceu-se Erika.

— Vá relaxar em seu quarto enquanto fazemos isso. — Izzy se levantou e me afastou.

— Está bem, está bem. Estou indo embora. Se precisarem de mim, me avisem — disse ao me levantar da mesa.

— Não vamos precisar!

Dei uma risadinha quando saí da cozinha e entrei no meu quarto. Depois de fechar a porta atrás de mim, sentei-me à escrivaninha e liguei o laptop. Eu precisava fazer uma pesquisa para um trabalho, embora tudo o que quisesse fazer era dormir depois daquela refeição deliciosa. Eu estava ocupada digitando no computador quando ouvi uma batida na minha porta.

— Raven?

Olhei para cima de onde estava trabalhando na minha mesa e vi Lila parada na minha porta.

— Sim?

— Você tem algumas correspondências esperando por você.

— Espera, é mesmo? — Eu não estava acostumada a receber correspondências e agora parecia que elas estavam chegando diariamente para mim. Era o dia seguinte ao jogo de Nash, mas não tinha verificado minha correspondência ontem.

Algo em um envelope marrom e um envelope de uma irmandade? Não sei o que as letras significam.

— Ah, tudo bem. Obrigada.

Esperei que Lila saísse para abrir o envelope da Psi Delta Mu. Optei por abrir essa correspondência primeiro porque me causava menos ansiedade. Encontrei um convite para que participasse de um evento para conhecer as mulheres da fraternidade na semana seguinte. Achei um pouco estranho ter sido convidada para tal coisa, pois achei que não era muito conhecida no campus, além de ser a garota que deixou Nash Henson de coração partido anos atrás.

Em nenhum lugar havia expressado interesse em obter mais informações sobre uma irmandade. As coisas estavam muito intensas com meu retorno a Brentson, e não havia pensado em participar de nenhuma atividade, como uma irmandade ou clubes. Mas poderia dar uma olhada nisso.

Minha mão tremeu levemente quando peguei o envelope marrom. Não havia endereço de retorno. Era um espelho da correspondência que havia recebido pouco antes de receber o e-mail que anunciava que havia sido aceita na Universidade de Brentson. Não tive dúvidas de que deveria ser sobre minha mãe. Respirei fundo várias vezes enquanto tentava reunir a coragem necessária para abrir a carta.

Virei o envelope, rasguei-o e seu conteúdo caiu no chão. Rapidamente peguei o pedaço de papel e descobri que se tratava de um artigo de jornal, mas a data estava riscada. Se tivesse que adivinhar, diria que devia ter mais de vinte anos.

Ali estava a minha mãe, com um largo sorriso no rosto, ao lado de três homens. O artigo dizia que dois de seus nomes eram Neil e Martin Cross. Eu não conseguia entender o nome do outro homem na foto. Parecia ser um artigo sobre como as Indústrias Cross estavam indo bem e tudo isso graças a funcionários como a minha mãe, Clarissa Goodwin.

Li o artigo novamente, mas ainda estava confusa. Claro, eu não sabia que ela trabalhava lá e não entendia o que isso significava. Foi ótimo descobrir uma parte de sua história que eu não conhecia antes, mas o que isso tinha a ver com sua morte? Rapidamente peguei meu laptop e comecei a pesquisar. Neil e Martin faziam parte da família Cross, a mesma família Cross que tinha um prédio no campus de Brentson com o nome de um parente? A mesma família que foi mencionada como um membro proeminente dos Chevaliers?

Até onde tudo isso ia?

Foi muito mais fácil encontrar informações sobre a família Cross do que sobre os Chevaliers. As Indústrias Cross foram criadas por Virgil Cross, e a família deve ter doado muito dinheiro para que um dos principais edifícios do nosso campus recebesse o nome dele. Seu dinheiro parecia ser antigo e quem sabe em quantos negócios eles estavam envolvidos, que iam além do que era noticiado.

E minha mãe trabalhou para eles em um determinado momento.

Há alguma pista sobre isso que não tenha percebido? Talvez possa haver algo nas coisas da minha mãe?

A maior parte das coisas da minha mãe havia sido guardada quando fui embora, e não havia mexido nelas desde então, mas talvez valesse a pena revisitá-las. Nash, Izzy e alguns outros amigos do ensino médio vieram me ajudar a empacotar as coisas dela. Embora provavelmente fizesse sentido que eu tivesse revisto todas as coisas dela antes de serem armazenadas, não conseguia fazer isso mentalmente e elas já estavam lá há mais de dois anos.

Será que teria força suficiente para fazer isso agora?

Não importava o quanto fosse difícil, isso era algo que precisava fazer porque poderia me trazer as respostas e o encerramento que merecia.

Continuei pesquisando em site atrás de site, tentando encontrar as peças que faltavam nesse quebra-cabeça, mas ainda assim não encontrei nada. O que mais poderia fazer para descobrir o que estava acontecendo aqui?

Olhei rapidamente para o meu celular antes de me virar para digitar outra palavra-chave que esperava que me levasse ao caminho certo na minha pesquisa, mas então fiz uma pausa. Se a família Cross e a família Henson tinham papéis proeminentes nos Chevaliers, haveria uma chance de que todos eles se conhecessem?

O momento pode ter sido diferente em termos de quando Van Henson e os membros da família Cross estiveram em Brentson, eles podem não ter estado juntos, mas todos faziam parte da mesma organização secreta e exclusiva. Fazia sentido que eles pelo menos fossem conhecidos uns dos outros.

Peguei meu celular e, assim que cheguei à tela inicial, ele vibrou em minhas mãos. A notificação mostrou que era uma mensagem de texto de Nash, como se eu o tivesse convocado mentalmente.

Nash: Acabei de terminar algumas coisas e queria ir aí passar um tempo com você.

A mensagem dele me fez sorrir e eu adorei.

Eu: Como você sabia que eu estava em casa?

Nash: Adivinhei.

Ou pode ter sido a mensagem de texto que enviei a ele hoje cedo, que também incluía informações sobre como eu ficaria sozinha esta noite.

Eu: Bem, minhas colegas de quarto estão indo a um show a cerca de uma hora de distância e vou precisar de alguém para ficar comigo caso o perigo bata à minha porta.

Eu estava tentando ser engraçada, mas ainda estava preocupada com o que tudo isso poderia significar. Com o acréscimo do artigo que acabara de receber pelo correio, parecia que meus pensamentos estavam em parafuso. Eu precisava de um pequeno alívio antes de mergulhar no que parecia ser o fundo do poço, no que quer que isso pudesse se tornar.

Nash: Fico feliz em poder ajudar. Parece um excelente motivo para explorarmos seu quarto, já que ainda não tivemos a chance de transar nele.

Não havia como evitar meu sorriso.

Eu: Que os jogos comecem.

CAPÍTULO 26

RAVEN

Meu coração disparou por vários motivos quando vi Nash estacionar seu carro esporte em frente à minha casa. Ele tinha evitado estacionar perto da entrada da garagem. Presumi que fosse uma forma de não atrapalhar Lila, já que ela iria dirigir até o show.

Eu me vi mordendo o canto do lábio ao vê-lo sair do carro e não pude deixar de admirar como ele estava gostoso. Não eram suas roupas, que contrastavam totalmente com o preço do carro que eu sabia ser caro.

Era só ele.

Eu estava começando a me perguntar se estava faminta por sexo. Mas era mais do que isso.

As notícias que me foram enviadas e os segredos que guardava estavam pesando sobre mim. Eu sabia que tinha de confessar, mas, no momento, tudo o que eu queria era ele.

Caminhei até a porta da frente e a abri antes mesmo que Nash tivesse a chance de bater. Ele me deu seu sorriso premiado e me afastei da porta, dando-lhe a chance de entrar em casa e não esbarrar em mim. Ele inclinou a cabeça e vi seu olhar escurecer.

Prendi a respiração enquanto caminhava em direção ao meu quarto. Quanto mais rápido nos tirasse da sala de estar compartilhada, mais rápido poderíamos fazer o que realmente queríamos fazer. Entramos em meu quarto e, assim que a porta foi fechada, acabou a nossa demora.

Ele se virou e me empurrou contra a parede. Tudo aconteceu tão rápido que pensei que minha cabeça fosse bater na parede, mas não bateu. Ele havia colocado a mão ali para evitar que isso acontecesse. O fato de ele estar sobre mim e assumir o controle estava me deixando mais excitada.

Nash inclinou minha cabeça para cima e me beijou. Suas mãos desceram pelo meu corpo até que ele conseguiu me levantar. Ele interrompeu o beijo e perguntou:

— Onde é o seu banheiro?

Fiquei olhando para ele por um momento, ainda atordoada pelo beijo aterrador e confusa com sua pergunta. Fiz um gesto para a porta às suas costas.

— É por aquela outra porta.

Ele seguiu minhas instruções e nos levou ao meu banheiro. Felizmente, não compartilhava o banheiro com nenhuma das minhas colegas de quarto ou estaríamos dando um show para elas. Ele me sentou no canto do balcão e se inclinou para frente para me beijar novamente. Suas mãos alcançaram meus ombros e tiraram meu moletom pelos braços.

Nash se afastou de mim e ligou o chuveiro antes de voltar, tirando a roupa enquanto o fazia.

— Essa é uma de suas fantasias?

— Tomar banho com você?

— Sim.

— Acho que você sabe a resposta para isso.

Sim. Um retumbante sim.

— Braços para cima, Raven.

Fiz como ele disse, e ele tirou minha camiseta com facilidade.

— Você é tão linda. — Ele disse a frase com tanta emoção que eu não estava preparada para ela, e isso fez com que a culpa dentro de mim aumentasse. Em vez de me concentrar nisso, decidi levantar um pouco os quadris para poder tirar a legging e a calcinha.

— Eu disse para você tirar o resto das suas roupas?

O comentário de Nash me deixou atônita.

— Achei que estávamos indo para lá, então tomei a iniciativa.

— Sua sorte é que eu quero muito você para puni-la por não seguir minhas instruções.

Antes que pudesse reagir, Nash me pegou novamente e me levou cuidadosamente para o chuveiro.

Deixei que a água caísse sobre mim sem me mexer, apreciando a sensação que ela provocava em meu corpo. Afastei o cabelo do rosto e abri os olhos.

Encontrei Nash estudando lentamente meu corpo antes de abaixar a cabeça até meu ouvido e dizer:

— Já que suas colegas de quarto ainda não saíram, vamos ver se você consegue ficar quieta, passarinho.

Ele se inclinou e me deu um beijo enquanto a água caía sobre nós. Esse chuveiro não era nada comparado ao de seu apartamento, mas ele não parecia se importar com o espaço que seu corpo ocupava nele.

Enquanto nos beijávamos, minhas mãos percorriam suas costas e eu adorava a sensação de seus músculos sob o meu toque. Ele se abaixou para tocar minha boceta.

— Coloque sua perna em volta da minha cintura.

Ele enfiou um dedo em mim, e arfei. Seu ritmo começou lento, mas logo aumentou. Meus batimentos cardíacos aceleraram e quase gritei:

— Preciso do seu pau, agora. Me fode!

Ele sorriu antes de seus olhos se arregalarem ligeiramente.

— Esqueci a camisinha.

Meu coração disparou por não poder ser fodida por ele.

— Eu estou tomando anticoncepcional.

— Excelente. Agora coloque suas duas pernas em volta de mim.

Eu estava me movendo antes que ele terminasse a frase. Ele mergulhou em mim sem dizer mais nada e a sensação foi muito além do que eu poderia imaginar. Ele começou a me foder e, antes que percebesse, não havia nada que pudesse fazer a não ser me segurar. O contraste entre o azulejo às minhas costas, seu corpo quente e duro à minha frente e a água que caía entre nós era orgástico por si só. Tê-lo me penetrando dessa forma era quase mais do que meu corpo podia suportar.

Quando senti meu orgasmo tomar conta de mim, ele se inclinou para frente e me beijou, engolindo meus gritos para evitar que fôssemos ouvidos. Mas, novamente, a essa altura, eu realmente me importava com quem soubesse?

Nash logo se juntou a mim e ficamos juntos, encostados na parede do chuveiro, tentando nos acalmar.

— Passarinho, fique de costas para mim.

Fiz o que ele pediu, e um gemido saiu da minha boca quando ele colocou as mãos no meu cabelo e começou a massagear o xampu no meu couro cabeludo. Se ele permitisse que o contratasse permanentemente para esse trabalho, eu o faria.

Sexo fantástico e, depois, uma massagem na cabeça? O que mais poderia pedir?

Ele terminou de lavar meu cabelo e nós dois terminamos o banho. Quando estávamos vestidos e eu fiz uma longa trança em meu cabelo, fomos para a minha cama. Deitei-me nos braços de Nash e não me senti nada confortável, mas não foi por causa de seu corpo junto ao meu. Nenhum de nós disse uma palavra, o que significava que estava sozinha com meus pensamentos que me faziam sentir apenas culpa. Era o mesmo sentimento que sentia na cabana e, embora tivesse conseguido afastar a culpa antes, não conseguia mais fazer isso. Eu precisava ser sincera.

Eu não aguentava mais. O artigo que foi deixado em minha casa e o segredo que estava guardando pareciam estar me matando lentamente. Eu precisava liberar a pressão que havia colocado sobre mim mesma.

— Nash.

— Sim?

— Precisamos conversar.

CAPÍTULO 27

RAVEN

Eu e Nash nos sentamos, ele foi até a minha escrivaninha, enquanto optei pela minha cama.

— Há muita coisa que você não sabe. Algumas delas tenho guardado para mim mesma há anos, outras coisas acabaram de se desenvolver ao longo dos últimos dias.

— Eu estou mentalmente preparado para isso?

Balancei a cabeça.

— Provavelmente não. Mas não tenho certeza por onde começar.

— Eu sempre digo o começo, mas por onde você decide começar depende de você.

Levei as pontas dos dedos aos lábios e pensei. Fazia sentido começar pelo começo? Afinal de contas, essa provavelmente seria uma das maiores bombas que contaria a ele esta noite.

Engoli com força e percebi por onde queria começar, e não era ali.

— Recebi algo pelo correio hoje sobre minha mãe e está relacionado ao motivo de eu ter voltado para Brentson.

— Então, o motivo pelo qual você voltou para Brentson foi por causa de sua mãe?

— Eu... eu recebi a promessa de que descobriria o que aconteceu com a minha mãe se voltasse para cá neste semestre. No começo, achei que era uma pegadinha horrível e me perguntei quem faria uma brincadeira nojenta com alguém que perdeu o único parente que conheceu de forma tão trágica. Mas então recebi isto.

Levantei-me e fui até onde Nash estava sentado. Peguei um envelope que mostrava minha carta de aceitação na Brentson e a informação de que tinha recebido uma bolsa integral para estudar.

— Eu me perguntava por que tinha sido tão fácil para você se transferir para cá. E alguém estava tão desesperado para que você voltasse para cá que pagou a mensalidade integral para que você viesse.

Assenti com a cabeça.

— Eu nem sequer solicitei a transferência. Foi tudo feito para mim, e pensei nisso como um sinal de que precisava voltar para cá. Isso, além de descobrir exatamente o que aconteceu com minha mãe.

Envolvi meus braços e Nash me puxou para seu colo. Era bom tê-lo aqui como uma fonte de conforto.

Olhei para ele com meus olhos cansados.

— Não sei se você se lembra disso, mas sempre achei que o que aconteceu com minha mãe estava muito bem embrulhado em um lindo laço. Eu achava que havia mais coisas na história, mas depois me perguntava se estava sendo paranoica com tudo isso. Afinal, era para ser um caso típico de atropelamento e fuga e o culpado nunca foi encontrado, então me perguntei se estava apenas mantendo a esperança ou se realmente havia algo mais.

— E quem lhe enviou isso lhe deu esperança.

— Exato. E isso me leva ao que recebi pelo correio hoje.

Peguei o artigo que mostrava uma foto de minha mãe ao lado de três homens. Entreguei-o a Nash com uma mão trêmula.

Ele o estudou e depois olhou para mim.

— Sua mãe conhecia a família Cross?

— Aparentemente? Eu nem sei. Diz que ela trabalhou para uma das empresas deles em algum momento. Isso deve significar alguma coisa, mas não tenho certeza do quê. De qualquer forma, isso me assustou.

— Eu... tenho alguns contatos com a família Cross. Posso obter mais informações se você quiser.

Suas palavras soaram como uma trilha sonora de Hans Zimmer aos meus ouvidos.

— Você faria isso? De verdade?

— Claro que sim. Se isso lhe trouxer paz de espírito e você não se importar com o que eu possa encontrar, então, com certeza.

Pensei sobre isso por um momento antes de acenar lentamente com a cabeça.

— Sim, estou pronta para o que quer que você descubra, eu acho. Prefiro saber o que aconteceu do que não saber.

Respirei fundo e escolhi minhas próximas palavras com mais cuidado.

— Mas talvez você não queira fazer mais nada por mim quando descobrir meu outro segredo.

— Raven, eu...

— Não, deixe-me contar a você e então pode decidir como se sente sobre isso, ok?

Quando Nash assentiu, considerei sua aprovação como um sinal para continuar.

— Então, agora que lhe disse por que voltei para Brentson, preciso lhe dizer por que fui embora.

Nash passou a mão pelo cabelo e me perguntei se ele estava se preparando para o que eu estava prestes a dizer.

Limpei a garganta e continuei:

— Saí da cidade porque seu pai me pagou para sair.

— Ele fez o quê?

As lágrimas estavam escorrendo pelo meu rosto. Qualquer esperança de manter minha compostura tinha ido por água abaixo.

— Ele me pagou...

Nash balançou a cabeça como se ainda não estivesse entendendo o que eu estava dizendo. Eu não podia culpá-lo.

— Nada disso faz sentido. Por que ele pagaria para você ir embora?

Engoli em seco antes de responder.

— Bem, na verdade, foi por duas razões. Isso era algo que esperava nunca ter de dizer a você, mas você merece saber a verdade. Se isso prejudicar o que começamos a reconstruir, então essa é a consequência com a qual terei de conviver pelo resto de minha vida.

Eu não conseguia olhar para Nash enquanto contava a história. Levantei-me e comecei a andar de um lado para o outro, tentando descobrir como expressar o que eu queria dizer.

— Você sabe que eu teria mais dificuldades para ir para Brentson do que você, porque não tinha dinheiro.

Nash acenou com a cabeça.

— Claro que sabia, conversamos sobre empréstimos estudantis, sobre você talvez ter de aceitar um emprego de meio período. Estávamos explorando todas as opções que pudessem ser feitas para que você pudesse ir para a universidade.

— Certo — disse, mas continuei andando. — Havia uma opção que considerei e iniciei o processo de análise que nunca discuti com você.

— Não estou gostando do rumo que isso está tomando — disse Nash.

— Acredite em mim. Vai ficar ainda pior quando você finalmente souber o resto. — Respirei fundo. — Antes de sair de Brentson, estava no processo de me tornar uma acompanhante em Nova York.

Nash ficou olhando para mim, mas não disse uma palavra. Era óbvio que as engrenagens de sua cabeça estavam girando enquanto ele tentava processar o que eu tinha acabado de dizer. Embora não devesse me sentir culpada pela decisão que tomei como adulta, o olhar dele me fez sentir assim.

— Você deveria ter me contado. — Ele também se levantou. — Até onde isso foi?

— Nash, eu...

— Até onde foi? — Ele não gritou, mas eu gostaria que tivesse gritado. Ele falou bem baixinho e isso me assustou ainda mais.

— Eu não traí você nem nada. Só fui buscar mais informações.

— Por que você não foi até o fim?

— Porque não era algo que eu queria fazer. Estava fazendo isso porque estava desesperada. Não estou envergonhando ninguém que queira entrar nessa profissão, mas logo percebi que não era para mim. Mas isso não é tudo.

— Ah? — Sua pergunta tinha um toque de sarcasmo.

— Eu me deparei com uma informação que achei que seria a minha salvação.

— E o que foi isso?

— A mulher que estava me entrevistando cometeu um erro e deixou o celular virado para cima. Alguém ligou para ela e o nome que apareceu na tela foi o do seu pai, Van Henson. — E parei de falar ao ver Nash puxar o cabelo com raiva.

Antes que ele pudesse dizer qualquer coisa, o toque da campainha interrompeu nossa conversa. Olhei para o relógio e vi que não era muito tarde, mas não estava esperando ninguém. Nash e eu olhamos um para o outro. Quando uma forte batida na porta se seguiu, quase pulei de susto. Nash correu em direção à porta da frente antes mesmo que eu pudesse processar o que havia acontecido. Corri para o corredor no momento em que ele estava girando a maçaneta e o alcancei quando ele estava abrindo a porta.

Toda a raiva que eu sentia por ele desapareceu quando a cena à minha frente se desenrolou.

— Quem diabos é você? — disse o homem mais próximo de Nash. Ele parecia familiar, mas não conseguia identificá-lo.

Nash cerrou o punho.

— Quem sou eu? Você que deveria estar respondendo a essa pergunta, já que veio bater nesta maldita porta como se você fosse o dono daqui.

— Saia do caminho e ninguém se machucará. Tudo o que precisamos é falar com Raven.

O rugido de Nash foi suficiente para causar um arrepio em minha espinha.

— Sem chance.

Esse homem tinha mais dois caras com ele e todos tinham armas apontadas para Nash. Nash parecia pronto para enfrentar todos eles para me proteger. O fato de que ele estava irritado comigo há apenas alguns minutos e estava pronto para queimar o mundo inteiro para me proteger agora, teria feito meu coração disparar em circunstâncias normais, mas isso era tudo menos normal.

Uma onda de coragem me invadiu e, embora alguns pudessem dizer que eu estava sendo tola, parecia ser a única maneira de pôr um fim a isso.

Tirei Nash de cima de mim e joguei meu corpo na frente do dele, pegando todos de surpresa. Eu achava que tinha tido algumas experiências assustadoras em minha vida, mas essa, de longe, foi a mais assustadora.

Sentia Nash tentando me puxar para trás, mas não me movia. Se ele tivesse a oportunidade, sabia que ele tentaria me empurrar para trás, mas isso causaria uma distração muito grande. Eu estava preocupada que isso levasse a um tiroteio.

— Pare! Ele não está tentando me machucar. Mas, mais importante, quem diabos é você?

— Meu nome é Kingston Cross e sou seu meio-irmão.

CAPÍTULO 28

NASH

Os olhos de Raven se deslocaram entre mim e Kingston Cross, que reconheci quase imediatamente. Nossas famílias tinham alguns interesses comerciais semelhantes e frequentavam os mesmos círculos sociais, por isso eu já o tinha visto algumas vezes. Disseram-me que Kingston havia se juntado aos Chevaliers em seu primeiro ano, assim como eu. Ele havia discursado em uma reunião dos Chevaliers no meu segundo ano. Mas só porque ele era um Chevalier, não significava que tivesse que confiar nele de todo o coração. Por outro lado, ele não tinha um motivo para estar aqui, o que me deixou ainda mais desconfiado. Apesar de estar irritado com Raven por esconder coisas de mim, ainda prometi a mim mesmo que a protegeria.

— Não sei quem são vocês, e acho que precisam ir embora. — Olhei por cima do ombro e encontrei Raven. A força irradiava dela quando saiu da minha sombra. A vontade de jogá-la atrás de mim novamente para protegê-la com meu corpo estava presente, mas resisti. Aquele era o momento dela, sua hora de mostrar sua força, e a apoiaria, mas estaria pronto para agir se necessário.

Isso me fez lembrar de quando ela arrumou tudo o que tinha e saiu da cidade. Embora ela pudesse ter pensado que estava sendo covarde, agora via isso de forma muito diferente. Conhecendo as circunstâncias em que ela tomou a decisão de ir embora e seguiu em frente com essa escolha, vi suas ações sob a ótica da força. Era preciso muita coragem para arrumar tudo o que você tinha e sair da cidade ainda tão jovem. Eu não teria sido capaz de fazer o mesmo.

— Não posso fazer isso agora. Eu fiquei e tenho ficado longe por todo esse tempo, mas agora é o momento em que você precisa aprender sobre sua família — respondeu Kingston.

— Você não é da minha família. Eu não o conheço.

Kingston olhou para mim antes de voltar a olhar para Raven.

— Ele pode confirmar para você que sou Kingston Cross. Seria uma perda de tempo estar aqui e mentir para você. Tenho muitas outras coisas que poderia estar fazendo agora.

Raven olhou para mim e assenti. Eu sabia que, sem dúvida, ele era Kingston e ele tinha feito uma boa observação. Embora não o conhecesse tão bem quanto conhecia Damien, sabia que ele era de fato um membro da família Cross. Uma das famílias mais poderosas da cidade de Nova York, no mínimo, e do mundo inteiro, no máximo. Havia muitos outros lugares em que ele poderia estar e que não envolviam sua presença diante de nós neste momento.

— Isso ainda não faz de nós uma família.

— Talvez isso ajude a convencê-la do contrário. — Ele colocou a mão no bolso de trás da calça e tirou um envelope branco.

A mão de Raven tremeu quando ela pegou o envelope e o abriu. Ela retirou o que parecia ser um pedaço de papel envelhecido e ofegou. Seus olhos ficaram tão arregalados, do tamanho de um pires e ela estremeceu ao me entregar o pedaço de papel. Era uma réplica exata do artigo que ela havia me mostrado antes, com sua mãe ao lado de vários membros da família Cross.

— É o meu pai que está ao lado de sua mãe na foto. Nosso pai.

Raven balançou a cabeça com veemência.

— Isso não pode ser verdade.

— Podemos fazer um teste de DNA se isso lhe ajudar a provar que nada do que estou dizendo é mentira. Tenho muito mais coisas para lhe mostrar, mas precisamos sair daqui agora.

Isso fez soar todos os sinais de alerta em minha cabeça.

— Nós não estamos indo…

Kingston olhou para mim com a sobrancelha erguida, um sorriso arrogante levantando os cantos de seus lábios.

— Você e eu sabemos que ela não está segura aqui. Afinal de contas, foi por isso que você a levou para a propriedade da família Henson, certo?

Raven estremeceu ao meu lado e eu queria arrancar o sorriso de seu rosto. É claro que ele sabia disso, mas achei interessante o fato de ele não ter tentado se aproximar de nós enquanto estávamos lá. Teria havido muitas oportunidades durante nossa estadia de uma semana na cabana do meu avô, e ele não aproveitou nenhuma delas.

— Houve outra ameaça contra ela?

Kingston assentiu com a cabeça.

— É por isso que estou aqui com a Cross Sentinel, a empresa de segurança da qual sou proprietário. Faça uma mala rápida, Raven, e depois vamos embora.

Raven olhou para mim em busca de segurança, e eu assenti, confirmando que esse acordo estava certo. No fundo, me perguntava se estava certo, mas se era isso que precisávamos fazer para manter Raven segura, estava disposto a fazer isso. Pelo que sabia sobre a família Cross, embora fossem implacáveis, eles não faziam as coisas sem motivo. Havia um motivo para Kingston estar aqui, e precisávamos das informações que ele tinha. Para obtê-las, precisávamos seguir seu plano... por enquanto. Mas estaria exigindo respostas muito em breve.

Fui com Raven até o quarto dela e ela rapidamente colocou as coisas em uma bolsa.

— Você sabe que isso seria cômico se minha vida não estivesse em risco.

— Então, você tem um senso de humor muito ruim. Posso ajudá-la?

Raven deu uma risadinha e disse:

— Você pode pegar o meu laptop?

— Você está lidando com isso muito melhor do que eu esperava. Um monte de merda acabou de ser jogada em você.

— Eu sei, e tenho certeza de que é a adrenalina que está me ajudando a continuar. Achei que algo mais poderia acontecer, mas não tinha certeza do quê. Parece que minha intuição estava certa. Tem certeza de que não há problema em irmos com esses caras?

— Não os conheço bem por si só, mas meu pai conhece toda a família Cross. E sei que Kingston é um membro íntegro dos Chevaliers, então, sim, acho que é algo que devemos fazer. Além disso, isso nos dará tempo para continuar a conversa que estávamos tendo antes de sermos interrompidos.

Raven parou brevemente o que estava fazendo antes de responder:

— Sim, é claro. Precisamos fazer isso. Eu...

— Precisamos sair agora.

Tanto Raven quanto eu olhamos para a porta do quarto e vimos Kingston parado ali. Raven fechou o zíper da bolsa e Kingston abriu caminho para fora do quarto e de volta para a porta da frente. Depois de nos certificarmos de que a casa dela estava bem trancada, Kingston disse:

— Também vamos nos certificar de que alguém esteja vigiando a casa para garantir que nada aconteça com suas colegas de quarto.

Raven olhou para ele e disse:

— Obrigada.

Havia três SUVs pretos alinhados em uma fila em frente à casa de Raven. Era quase como se estivéssemos prestes a ter nossa própria carreata.

Foi então que meus olhos alcançaram Landon, que estava perto de um SUV. Ele me deu um leve aceno de cabeça. Aparentemente, havia muita coisa que ele e eu precisávamos discutir também.

Kingston abriu a traseira de um veículo e fez um gesto para que Raven entrasse. Quando ela o fez, ele seguiu atrás dela e fechou a porta antes que eu entrasse.

Antes que pudesse argumentar, Landon colocou uma mão pesada em meu ombro e disse:

— Vamos neste aqui.

Eu queria lutar com ele, mas sabia que as chances de vencer essa luta eram mínimas. Era óbvio que ele era da empresa de segurança de Kingston e seria facilmente dominado se agisse. Eu precisava fazer isso de forma inteligente, em vez de me precipitar ao acaso. Mas, definitivamente, seria mais fácil falar do que fazer.

Landon abriu a porta para mim e eu entrei. Ele veio atrás de mim e fechou a porta.

— Para onde estamos indo?

— Para uma das propriedades da Cross Sentinel. Voltaremos para cá quando sentirmos que a ameaça foi resolvida.

— Você sabe quem está por trás disso?

— Coloque o cinto de segurança para que possamos sair.

Fiz o que ele pediu.

— Você está evitando responder à minha pergunta.

— Não sabemos. O pai deles tinha muitos inimigos, então pode ser literalmente qualquer um.

Ainda era muito vago para o meu gosto, mas pelo menos era uma resposta. Recostei-me em meu assento enquanto o motorista se afastava do meio-fio, logo atrás do carro que levava Kingston e Raven.

Os primeiros dez minutos de viagem foram feitos em silêncio e, à medida que as luzes se tornavam mais esparsas, ficava óbvio que estávamos nos afastando de Brentson.

— Quanto tempo vai durar essa viagem?

Landon olhou para o celular e disse:

— Não muito.

Quando voltei minha atenção para o veículo que levava Raven e Kingston, notei algo estranho. O SUV deles começou a diminuir a velocidade e o nosso motorista começou a se mover ao redor do deles.

— Que diabos está acontecendo? — Segui o utilitário esportivo de Raven com meus olhos e meu corpo, mudando de posição enquanto passávamos pelo carro deles.

Não precisei que ninguém dissesse nada, pois minha pergunta logo foi respondida.

Depois de ficarmos parados por vários segundos, uma enorme bola de fogo irrompeu do utilitário esportivo, iluminando o céu noturno.

O pânico revirou meu estômago. Não era possível que tivesse acabado de ver o que achava que tinha visto.

— NÃO! — Eu gritei. — QUE PORRA É ESSA?

O grito parecia ter saído de minha alma. Ir com Kingston Cross por vontade própria tinha sido um grande erro. Lutei contra o cinto de segurança que estava me impedindo de me soltar. No fundo, sabia que não havia como ela ter sobrevivido à explosão, mas isso não significava que deveríamos continuar dirigindo como se não tivesse acontecido.

Vi Landon sacar sua arma e apontá-la para mim. Antes que pudesse reagir, ele ergueu o braço que segurava a arma e a usou para bater em minha cabeça e tudo ficou preto.

SOBRE A AUTORA

Bri adora um bom romance, especialmente aqueles que envolvem um anti-herói quente. É por isso que ela gosta de aumentar um pouco o nível em suas próprias histórias. Sua série Broken Cross é sua primeira série de dark romance.

Ela passa a maior parte do tempo com a família, planejando seu próximo romance ou lendo livros de outros autores de romance.

Website: http://briblackwood.com/
Newsletter: https://mailchi.mp/e435d408b67a/bb-sign-up-form
Facebook: https://www.facebook.com/briblackwoodwrites
Bri's Empire: https://www.facebook.com/groups/brisempire
Instagram: https://www.instagram.com/briblackwoodwrites/
Twitter: https://twitter.com/BriBlackwood2
BookBub: https://www.bookbub.com/profile/bri-blackwood
Amazon: https://www.amazon.com/Bri-Blackwood/e/B08SC2M2RK

A The Gift Box é uma editora brasileira, com publicações de autores nacionais e estrangeiros, que surgiu no mercado em janeiro de 2018. Nossos livros estão sempre entre os mais vendidos da Amazon e já receberam diversos destaques em blogs literários e na própria Amazon.

Somos uma empresa jovem, cheia de energia e paixão pela literatura de romance e queremos incentivar cada vez mais a leitura e o crescimento de nossos autores e parceiros.

Acompanhe a The Gift Box nas redes sociais para ficar por dentro de todas as novidades.

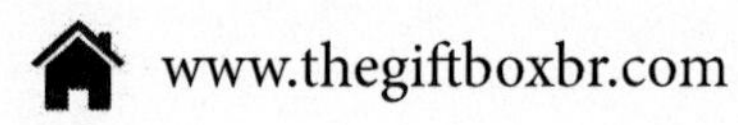

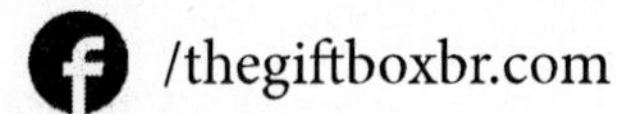

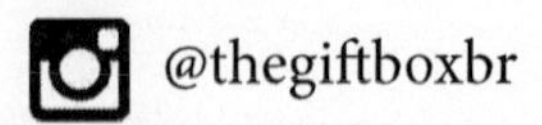

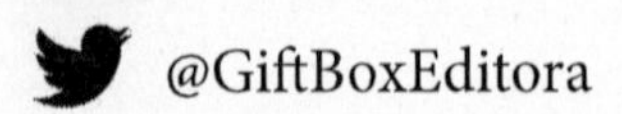